- 上图：爱读书的君朗
- 下图：君朗在伦敦

- 君朗在安哥拉

- 君朗在巴拿马

- 君朗在贝宁

- 上图：君朗在科索沃
- 下图：君朗在科索沃米特罗维察

- 君朗在尼日利亞

- 君朗在土耳其

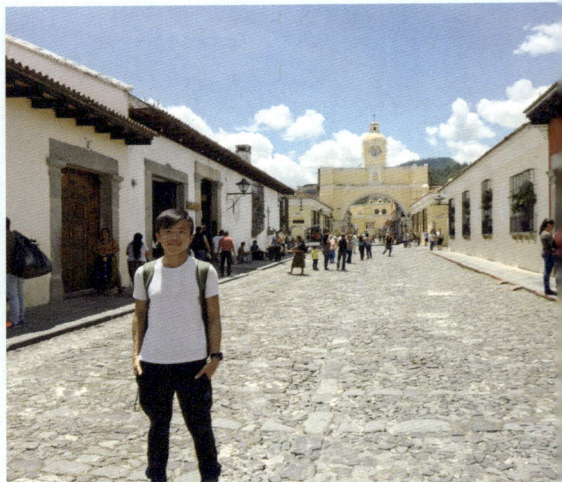

- 左上图：君朗在危地马拉国家文化宫
- 右上图：君朗在危地马拉古城安提瓜
- 下图：君朗在危地马拉托托尼卡潘省

云上的十八岁

Eighteen
on
a cloud

林君朗

著

GUANGXI NORMAL UNIVERSITY PRESS

广西师范大学出版社

·桂林·

云上的十八岁
YUN SHANG DE SHIBA SUI

著作权合同登记号桂图登字：20-2020-171 号

图书在版编目（CIP）数据

云上的十八岁 / 林君朗著. --桂林：广西师范大学
出版社，2021.4
ISBN 978-7-5598-3620-5

Ⅰ．①云… Ⅱ．①林… Ⅲ．①游记－作品集－中国－
当代 Ⅳ．①I267.4

中国版本图书馆 CIP 数据核字（2021）第 028440 号

广西师范大学出版社出版发行

（ 广西桂林市五里店路 9 号　邮政编码：541004 ）
（ 网址：http://www.bbtpress.com ）
出版人：黄轩庄
全国新华书店经销
广西广大印务有限责任公司印刷
（桂林市临桂区秧塘工业园西城大道北侧广西师范大学出版社
集团有限公司创意产业园内　邮政编码：541199）
开本：880 mm ×1 240 mm　1/32
印张：8.875　插页：4　字数：190 千
2021 年 4 月第 1 版　2021 年 4 月第 1 次印刷
定价：48.00 元

如发现印装质量问题，影响阅读，请与出版社发行部门联系调换。

代选序：在云上的十八岁

机缘巧合下，我在今年（二〇一四年）六月得到了一次参观威尼斯建筑双年展的机会，由订机票，找住宿，到计划行程，都要自己一手包办。起程那天，正是我的十八岁生日。刚刚"够秤"（成年），就迫不及待要出走！孤身上路的心，充满期待、兴奋，一切未知的事物等待发掘。

一直也很想跟别人说今天是我的生日，可是无论什么时候说，都好像不合时宜。上到飞机后，座位在最前的一排，刚好有位空中小姐坐在对面，这时我的内心开始忐忑："怎么办？我要跟她说今天生日的事吗？试试吧……她似乎很平易近人呢。"当我还在患得患失，与她四目交投之际，对面传来一个友善的声音："你是跟游学团一起来的吗？""不是啊，没有人陪我，我到了迪拜后再转机去威尼斯。今天是我十八岁生日呢！哦，过了十二点，严格来说其实是昨天。"

"恭喜你啊！在这一天跨越半个地球去旅行，一定是很美好的回忆。"眼前这位素未谋面的空姐，笑得比我还高兴，接着又问："你喝香槟吗？""刚成年了，可以，嘻嘻。"我含笑回应。"快要起飞了，我要去做准备工作了。"一阵匆忙的脚步声过后，她的身影就消失在狭窄的走廊中，在这个狭小空间里无所事事的我，只好倒头大睡以适应时差。好梦正酣之际，突然有人在耳边轻声说道："起来吧，先生。"我那时熟睡得连眼睛也张不开，就跟空姐到了机尾的服务员休息室。推开门那一刻，那种惊喜真是由心而发！一群不同国籍的空姐围着我唱生日歌，脸上挂着真挚的笑容，还请我坐下品尝香槟和没有蜡烛的生日蛋糕。这是梦境吗？当我还反应不及时，她们已经拿出即影即有（拍立得）相机拍照，放入生日卡内，这张生日卡中有用中、英、日、意、葡、阿拉伯语写的祝福语，还有她们红彤彤的唇印。

我曾经对关于飞机的传说非常好奇：婴儿在飞机上出世是否可以一生免费搭乘飞机？飞机上的排泄物是否直接"空降"落

地？……这天，终于轮到我亲自解开其中一个疑团——在飞机上过生日，原来是会有空中小姐为你庆祝的。

即将降落时，这位空姐在我身旁经过，我给了她一枚澳门的襟章。"Be nice to make friends！"这是她对我说的最后一句话。知道了，在这次旅途上，我要少些提心吊胆，多点放开怀抱，接触世界。

当我把这次经历告诉朋友，他们大多都觉得不可思议，接着便会问："是他们查看你的护照资料时知道的吧？"然而，我相信没有人会特意为数以百计的乘客查看生日，甚至为寿星预备惊喜。或许我要庆幸在旅途上总能遇到热心的人，独自在异地，没有比能和别人聊聊天更好的事了。常言道，世上危机四伏，"防人之心不可无"，这是无可厚非的；但请记着，只有当你愿意主动伸手与人接触，世界才会与你亲近。

林君朗

目 录

他序辑录

留学见闻

1

踏遍科索沃

漫谈欧洲

2

拉丁美洲的思与想

非洲"奴隶海岸"之旅

亚洲点滴

你是夜空中的星星

–

＊君朗的爷爷奶奶

为孙儿君朗的文集写序言，心潮起伏，泪水仍在心里流淌着。

一个已长大，健康精壮、充满理想的年轻大学生，为求学问，前往英国伦敦经济学院求学，利用假期赴非洲、美洲、亚洲等地搜集资料，准备撰写一篇课题较有深度的毕业论文——以中国的"一带一路"为联系的政治经济研究报告。

突然，晴天霹雳，传来朗在伦敦宿舍骤然离世的消息。刚还收到他来自安哥拉，在国企民企的负责人协助下顺利完成调研返回伦敦的明信片，他喜欢每到一地就把当地的见闻写在明信片上寄回来，报道他的行踪，与家人朋友分享他的喜乐及生活点滴，从他近年在报刊上发表的两百多篇文章，便可见他的成长历程。

朗自小就喜欢阅读书报漫画，尤其喜欢绘画、集邮和学校组织的各种义工活动，学生会的事、同学学习上的困难他都会认真负责，不怕劳累为他人尽心尽力。

由于参加地理比赛，有机会代表澳门学生去日本、波兰等地交流学习。自此他更多地在网络上与世界各地的青年朋友交往，拓宽视野，从而使他作出要去英国伦敦，考入政治经济学院攻读国际关系专业的决定。他更利用假期走访非洲不少国家，去尼泊尔参加联合国 NGO（Non-Governmental Organizations，非政府组织）实习三个月，在加德满都的外劳中心做义工。

他为研究中国与葡语系国家贸易平台前景的相关问题搜集资料，在圣诞假期去安哥拉中国民企、国企搜集有关资料，为研究题目"纵民企外交：中国民营企业如何在中国与安哥拉的关系中构成（自下而上）的力量"撰写论文。

真是令人感到惋惜，一个茁壮成长中的青年，学业刚刚完成，大志未酬就猝然离世！作为家人及长期栽培他的师长，好痛心疾首！君朗——希望你的奋斗精神能成为学弟学妹努力的榜样，你一丝不苟的学习态度，乐于助人、热爱国家民族的情怀永远令人怀念，像夜空中的星星，一闪一闪永照人间！

一个"今天"胜过两个"明天"

*李宇梁

（澳门著名剧作家）

"可能自己已不在人世……我们无须惧怕，只要谨记活在当下……"

你人生的第一页风景，应该就是那年我载你到的尼亚加拉大瀑布吧？

那年，你在父母手抱下来到多伦多，我驾车载你们到瀑布去游览，在车上听得才刚满周岁的你全程乐得呱呱地喊叫，我就知道你对世界充满好奇。这一点从你之后在《环保之师》里引述"知者乐水，仁者乐山"，坦承看水、观山可以反映人的智慧与修养——亦得到证实。

《伦敦这一年》记述你开展大学学习伊始，毋忘翻出你爷爷的书法赠言以自勉："海阔天空任翱翔，见微知著费思量。远因近况需深究，透过现象觅端详。"显见你尊上，对父母爷爷心怀感恩。你就是在这样的家教下成长的。

你在《麦穗的成熟之道》里提及，那年中秋节，你和父亲啖着月饼下棋，赢了你父亲，正自洋洋得意，却因为你母亲那番话——成长，就是在下棋的时候，你能赢了爸爸；成熟，就是你明明能赢爸爸，却让爸爸赢一下——而领悟麦穗成熟之道："愈成熟的麦穗，愈懂得弯腰，那是在教我们谦虚。"你就是在这样的家教下成熟的。

自《滋味伦敦》开始，你从小豆芽转身成为时空旅人，你说："在离家九千多公里的陌生地方继续学业、生活，面对人际关系的归零……"——你可能不自知，那个"零"其实可以进化为无限大——从个人的人际扩展到国际关系，从英国走到科索沃、尼泊尔、非洲……关切东欧乌克兰的变天，细味贾科维察的人情，关注英国《大宪章》……从小豆芽时期的探索自我成就到时空旅人的人文关怀。

你母亲曾经拿着你的文章谦虚地说请我指教。读了你的文章，抱歉我未能给予任何意见，因为你的文章重点不在书写技巧上，而在你的游历、你对世界的认知与视野之上。你的文集是爱、成长与感悟的诗篇，是一个知性少年成长、成熟的旅行笔记，也是一部现代父母的家教范本，时下青少年及父母焉能不读？

每个人都乘着自己的专属列车到这世上走一转，有人终生躲在自己的车厢内游戏、睡觉，一路浑浑噩噩；有人只管躲在暗黑的杂务厢内埋头工作，终程营营役役。从十一岁小学六年级开始，你就定期在报章发表文字，第一篇文章是《暑期变奏》：

"……巴士在路上兜兜转转，令我心急如焚……担心错过一些重要的东西……"说明你不肯耽在车程上错过任何一刻。你之后的确遍览人生旅途上的风景，所以纵使你的列车走得比别人快，你的车途却比许多人的精彩。

你在那节十五岁的车厢上说，"世上最遥远的距离不是生与死"；现在你乘着你那列轻车越过我们，迫不及待飞驰向更远的地方探索新世界。君朗，我们的列车落后于你，但你仍是距我们这么近。

    ……二十年稍纵即逝……可能自己已不在人世……我们无须惧怕，只要谨记活在当下，一个"今天"胜过两个"明天"！

——林君朗《二十年后的我》（写于二〇一一年一月十三日，时年十四岁）

人道精神是唯一的救赎

—

*张翠容

（香港新闻工作者、专栏作家）

　　我从没有跟君朗见过面，但总有一种难以言传的亲近。看着他的照片，想着他对世界的一种情怀，我的脑海不期然出现若雪（Rachel Corrie），一位美国女大学生，她拥有同样的精神。年轻人有着最珍贵的赤子之心，这颗心让他们走得很远，人道是唯一的标杆，从不计算，这是青春的可贵。

　　若雪用自己的生命，去保护那些无法保护自己的人，最后她长眠于加沙走廊。她的父母说："我们教导我们的孩子能够欣赏国际社会和家庭的美，我们对若雪能够实践她的信念而感到骄傲，对于不管住在何处的人类同胞，若雪都充满爱和责任感……"

　　没错，我在二〇〇二年于耶路撒冷初次见到若雪时，惊讶于她一脸稚气却有如此宽大的胸襟，也赞叹她有不少战友。他们来到巴以地区撒播和平种子，不过大部分都是西方人。当时我多么希望有来自我们华人社会的年轻人，对世界不乏善意，不管到哪里都会看到他们的身影。

此刻，我又记起另一位美国女生穆拉（Kayla Muller），当在叙利亚咽下最后一口气之前，她曾这样说："我在苦难的人的眼睛中找到上帝，再折射在我身上；如果这就是上帝你向我展示自己的方式，那我将永远以这方式寻找你。"（I find God in the eyes of the suffering reflected in mine, if this is how you reveal yourself to me, this is how I will forever seek you.）

这是怎样的人道精神啊！在一瞬之间即可温暖冰冷的人世间，燃亮濒临黑暗的世界，令艰难的人生拥有往前走的勇气。是的，不知从哪里听过："生活不是容易的事情……除非你有一个伟大的理想，可以将你提高起来，超越个人的痛苦、弱点……"其实也许不仅把自己提高起来，也令别人因着你而提高起来。此刻，救赎就在前方，而这救赎的标杆，正是理想中的人道主义，使你与我成为命运共同体。

喜见年轻的君朗，看来早体会到这个道理，无论他去到何方，他已留下可令自己提高同时令别人提高的精神。君朗，你准备对人类同胞实践那份爱和责任的姿态，就如不再倒下的雕塑，屹立在我们心中，而你所折射的身影，照见被遗忘的角落，相信这能为更多年轻人指引行进的方向。

香港另类乐团"黑鸟"有一首代表作《宣言》，当中这般地唱道："天地是我的父母，世界是我的乡土，亚洲、非洲还是欧洲，全都在我心里的怀抱。我要走遍这苍茫大地，荡遍这汪洋河川，我是大地的子民，哪方不可以是我的归途。你的皮肤黑，你的皮肤白，你的皮肤黄，但我们可以有共同的愿望，为这星际间的一丁尘土，建设和谐共存的家乡……"

君朗，你本身就如这份《宣言》。从香港到澳门，我们都拥有自由、繁荣、和平，但我绝不希望因为我们拥有这一切就变得麻木不仁。正如我之前所述，我是多么渴望华人圈子有像若雪和穆拉等这样的西方年轻人的人道情怀。当我知道原来有你这样的"澳门之子"，我真的为你感到骄傲。我们虽缘悭一面，却又如此亲近，以后我到哪里，我想你也会在那里，突破生死，完成你的未竟之愿。

我与君朗

—

*谢玉雁

（君朗的小学老师）

认识君朗是在他小学三年级的时候。那一年是我第二年任教初小的中文科（因为只教了两年初小，之后以高小为主），所以印象也挺深刻的。君朗个性谦和，人前人后都是一个乐观又热心助人的孩子。

记得当时有一篇作文作业（题目是关于什么的，我也忘记了），他写得蛮好的，于是我建议他誊写后寄到报社投稿，没多久，就看到他的作品刊载在《华侨报》的"童真"版内。没想到一个八岁的孩子，能够洋洋洒洒写出一篇这样出色的文章，于是我便开始留意他。往后的日子，偶尔也会在学校的走廊、操场、升降机内看到他的身影，他总是有礼地微笑点点头，我们之间的话题也不过是最简单的问候，但他总会尊敬地称呼我——谢生（学生称呼老师一般都会将"先生"的"先"字去掉）。

近几年我都会尽我所能出席学生的高中毕业典礼，我虽不大喜欢拍照，但我觉得能参与他们人生中的盛事，是一种支持，也是一种感恩。看着孩子们长大，我会默默地替他们打气；看到他们取得的成功，我总会为他们欣喜。那年的毕业季，我也照常出席六月一日的毕业礼。典礼之后是拍照的时间，我和君朗又在聊这聊那，聊到他在报章上发表的文章，聊到他的写作兴趣。他说："谢生，你还记得你是第一位将我的作文投到报章上的吗？"我当然记得，这个懂得感恩的孩子，他的话就像阳光照在快要枯萎的植物上，我的心立刻温暖起来，再次被点燃起工作热诚。

君朗，读你的文章，看你的画作，听你的理想，都让人难忘。你那充满阳光、充满爱心、充满抱负的笑脸，将会长留我心。因为我知道你在这里，你在那里，只要我想你，你永远都在我的心里。

以生命影响生命

—

*钟嘉嘉

（君朗的中学老师）

"我们的人生随着我们花费多少努力而具有多少价值。"这是法国小说家、诺贝尔文学奖得主莫里亚克的名言。每当我想起学生君朗，便觉得身为老师的我实在惭愧，因为我不像他那么勇敢坚强地挑战自我，也不像他持之以恒地实践着自己的目标，更不像他能付出百分百的努力来活出生命的价值。

认识君朗是在他就读小学五年级的时候。记得那年我初为人师，通过每周一次的课后英语活动，我了解到君朗的梦想，而提高英文口语能力是他最初的目标。那份坚定令我惊讶，原来一个十岁的小孩都可以那么有上进心，我当时便已确信，他的梦想绝对是一个会实现的未来，而他的梦想也绝不仅限于此。

当君朗升上初中，我有幸正式成为他的英文科老师。那两年间，君朗和望班的同学们给予我很多美好的回忆。君朗在班中经常名列前茅，但他却是一个谦虚的小伙子，不耻下问。他的英语基础扎实，但从不怠慢，就连我给基础较弱的同学补课时，他也旁听，并听得津津有味。做试卷时，他习惯复查答案到最后一刻，与其说他紧张成绩，不如说他乐在其中。虽然君朗是"学霸"，但绝对不是同学们眼中的书呆子，相反，他非常受同辈欢迎。因为他既幽默又重情义，所有人都是他的好朋友。班上有什么聚会，他也从不缺席。记得有一次他邀请我到家中做客，一起为同学庆祝生日，他还亲自下厨，让我们都暖在心头。但最令我印象深刻的还是他家里的酒瓶，因为平庸的瓶身上画满了他的创作。回想起来，他身上发出的光芒，让我都不禁眯起双眼。

看着君朗慢慢长大成为高中生，在一次我担任评判的班际英语演讲比赛中，我又欣喜地看到君朗的参与。在我以往的印象中，他较强的是写作能力，然而他竟然敢于挑战自己的弱项，通过比赛来提升他的口语能力以及自信。我觉得他真的很棒，也让我回想起他小时候对自己的期许，在中学毕业前，他已做到了。

君朗在英国读大学期间，虽然我们不能时常交流，但我仍会收到他在探索世界期间写给我的明信片。在这个时代，写明信片的人已经很少了，君朗就是这地球上的少数人，少数真正关心这世界而又付出行动的人。他用自己的双脚，一步一个脚印去探索世界，为的是揭发社会上的不公，为弱势阶层去发声。坦白说，我觉得君朗才是我的老师，他的决心和行动力不断提醒着我，可以为自己、为身边的人，甚至是社会做得更多。

当知道君朗的父母想为他出版作品集时，我第一个想法就是，直接拿他的手稿去印就是了，因为他的字体比起印刷体还要端正和优美呢！第二个想法就是，替君朗感到开心，因为他写文章就是为了与人分享，让我们对这个世界有更多的认识。第三个想法就是觉得读者们很幸福，以我为例，虽然我没有君朗的才气和刻苦的精神，但我却有机会从文章中体验他的人生感悟以及反思究竟自己可以为这世界做些什么。

君朗，感谢你从小到大的坚持，正是你那颗赤子之心，让我们能看到这本作品集；感谢你用生命影响了我们的生命，这个世界因为你的出现，而变得更加美好。

我一直确信着。

在劳碌中享福

—

*谭达贤

（君朗的中学老师）

那些昔日的回忆，并没有因为时间的过去而褪色。

从初三开始与你相识，虽然是你的老师，但我们更多的交集是在课堂外的活动里，也因此才有机会更为全面地了解你。

我与你，与其说是师生，倒不如说是惺惺相惜的朋友吧。当我知道我和你有很多共同的兴趣时，着实是兴奋的，因为想不到一个年纪轻轻的中学生竟然会喜欢阅读，而且几乎什么类型的书都读；也喜欢集邮，喜欢在网上交换明信片，因此我们除了讨论地理知识和国际大事之外，有了更多的话题。还记得你会给我看你收到的罕有地区寄来的明信片，也会和我分享特别的盖销票。即使中学毕业了，你也仍然给我寄来明信片，尼日利亚、多哥、危地马拉、古巴、巴拿马、尼泊尔……每一张明信片都记录了你的学习历程，随信还捎来几句暖心的问候。

我总会对别人介绍说，你是唯一一位连续三年代表澳门参加国际地理奥赛（国际地理奥林匹克竞赛）的学生，我们也算是有着并肩作战的情谊呢！看起来总是漫不经心的你，其实比任何一个队友都认真，也用你自己的方法鼓励着众人。靠着你别具匠心的创作，澳门队的海报总能换来国际友人的赞赏；靠着你的幽默感和创意，我们才有了一段段难忘的歌舞表演。德国的教堂外、日本的博物馆前，还有波兰那段下着雨的山路上，你用笑声为我们的回忆留下了注解。

　　进了大学之后，我知道你想法成熟了很多，却依然保有中学时代的赤子之心。每逢假期，你总会回到母校探望老师，和我们分享你学习的点滴，甚至愿意向师弟师妹分享自己的学习经历。在那所知名的大学，你没有立志要做政经领袖，倒是决心改变世界，去研究发展不平衡，去最穷困的地方为最无助的人撰文发声。你的梦想，影响了你身边的一众朋友，包括老师。

　　如果生命里的大事小事都无法预知，那么生命的意义何在？记得你在一篇专栏文章中曾经以接下来的一段文字作结，似乎可以解答这个问题："无论在哪里生活都好，只要你喜爱你在做的事情，并且每天睁开眼都知道这一天不会白过，那就是有意义的生活。"确实，你做到了。这些年，你没有浪费你的每一分每一秒，我们都以你为荣。谢谢你，身体力行，关于如何把生命变得有意义，为我们做了很好的榜样。谢谢你，虽然离开了，仍因着过去所做的一切而留给我们非常美好的回忆。

　　我还记得《圣经》中有一段经文，谨引如下：

我见神叫世人劳苦，使他们在其中受经练。神造万物，各按其时成为美好，又将永生安置在世人心里。然而神从始至终的作为，人不能参透。我知道世人，莫强如终身喜乐行善；并且人人吃喝，在他一切劳碌中享福，这也是神的恩赐。

（传三10–13）

也许，我们无法预知生命中何时会发生什么事，却可以努力让每一天都变得精彩。在我看来，你充实了生活的广度和深度，使每一天都充满意义而不虚度。今天再读上面这段经文，我想到你一直都保有喜乐和助人的心，也认真地活好了每一天，忙碌而充实，为自己的人生画卷涂上灿烂的色彩，那么就如经文所说的一样，是"在劳碌中享福"（enjoy the good of all his labour），是有意义的人生了。

君朗，你是一个旅行者、一个探险家，总是快我们一步去探索这个世界。这次你离开了，就像是去了更远的地方旅行吧，比我们早一步出发，相信将来一定有机会重聚的。我们会记住你乐天、认真的一面，让你活在我们的心里。

谨以此文，向一直努力活得丰盛的你致敬。

知　遇

–

*周慧心

（君朗的中学老师）

回想起来，认识君朗这个孩子已有十年了，我们的初遇是在一个小学作文比赛的颁奖典礼上。说来奇怪，我这个中学地理老师竟然被派去照顾这个小学生，真是莫名其妙！缘分，就从此而起。

初见这个孩子时，他总是战战兢兢的，后来我们有一次谈话的机会，他被我吓得汗出如浆，不知所措。或许当时的我看起来并非温柔婉约，以致令他紧张万分。

升上中学，君朗除了是写作小组的成员，更加入培正中学的史地学会，以细腻的文字着墨，撰写史地相关的论文和心得报告。他的文采使得学会编制的《红蓝史地》一书增色不少，接下来的数年，此书总会留下他的文字印迹。

君朗一向品学兼优，但最令我印象深刻的是他对地理的感知。看过君朗文章之人，不难发现他喜欢通过感官来接触和探索世界，喜欢用生动和诗意来描绘景致，喜欢用丰富的文字和图画来带领读者游走他的天下。记得在二〇一二年的夏天，我和同工（同事）带着他和另外三位同学参加国际地理奥林匹克竞赛，这可是澳门第一支境外"地奥竞赛"的先头部队呢！这次科隆之旅，我们小组与其他来自三十多个国家和地区的年轻人互相切磋交流，让他体验到他国与中国文化、教育之差异。通过竞赛中的田野调查考察活动，他思索科隆持续发展的成功关键，从而思考和探究澳门未来发展的可能性。从科隆回来以后，君朗向《澳门日报》"小豆芽"专栏投稿，以"莱茵河畔的新与旧"为题写下对科隆之旅的观感。这篇文章谈到莱茵河畔新旧交融的发展情形，提到城市发展与环境保护的轨迹，以及科隆大教堂文化保育对该地的重要性，这些正是地理学科的核心所在。到了二〇一三年的暑假，他再次代表澳门参加京都"地奥竞赛"，参观琵琶湖及其水利工程，再次以地理角度撰写《琵琶湖畔的古都》一文，体悟人不能胜天、人地必须和谐共处的意义。

中学毕业以后，君朗的精彩旅程继续延伸，亚洲、欧洲、北美、南美、非洲都遍布他的足印。他并非以冠冕堂皇的理由去旅游，而是亲身体验隐秘角落的风景，借由文字描绘眼前的真实世界，道出人地关系的重要性。对我来说，他其实算是一个地理人了！

几年过去，他不再只是我的学生，而是变成了我的益友。许多时候，我们会利用网上社交平台，互相分享生活点滴。他曾分享伦敦花市的热闹、尼泊尔生活的简朴和朝鲜鲁莽的冒险故事。我们曾私下讨论社会议题，关于政治、经济、教育，方方面面的话题都有。他也曾让我看安哥拉研究论文的访问题目，集思广益，叫我给予一点建议。有时，他还会和我聊聊两性关系，告诉我他的内心世界。我看见了他的成长，他不再是那个羞答答的小男孩，而是一位生机盎然而富有冒险精神的年轻人。我很荣幸能够认识这位朋友，他的美好将永远留在我的心中。

别了，我最羡慕的人

—

*李展鹏

（澳门学者、文化评论人）

　　我从不羡慕别人才高八斗、名成利就、位高权重，却一直很羡慕，甚至是嫉妒某一种人——世界很大的人。而阿朗，就是我很羡慕的人。

　　这个年轻人很厉害，绝不是因为他是学霸型高材生，也不是因为他考上伦敦政经学院，而是因为他几乎从不停止探索世界。他生于只有三十平方公里的小城澳门，但他的世界却非常非常大。我跟他相识这短短几年间，他的足迹之广令人惊讶。他离开之后，我翻看我们在脸书上的对话，也许是缘分，我们的对话往往跟他大大小小的旅程有关。

　　他读中学时就来了《新生代》杂志实习，我们马上观察到这个中学生勤恳、谦虚、有才华。去英国读书前，他在脸书上答应我为《新生代》一个叫作"correspondence"的栏目写英国的时事动态，我也跟他分享一些关于伦敦的信息。后来，他准备从英国去葡萄牙旅行，在脸书上问我里斯本的行程规划，我特地介绍他去当地的澳门博物馆。

再来，是我拜托他在伦敦帮我买东西回来，他却已人在巴拿马。

再来，是他问我要地址，原来他去了危地马拉，要寄明信片给我。

再来，是他在英国皇家外科医学院的展览馆看到一个澳门制造的医学模型，拍了照给我看，他说因为十九世纪初东印度公司在澳门开设诊所，造了这医学模型。

再来，是他准备申请联合国的实习计划，找我当联络人。

再来，是他近距离目击伦敦恐怖袭击，写了文章跟我分享。

再来，是他去尼泊尔的NGO实习之前，跟我介绍他要去的加德满都外劳中心。

再来，是他计划去非洲安哥拉做研究之前，问了我一些关于澳门作为中国与葡语系国家之间贸易平台的前景的问题……那是我们最后一次的对话了。

当然，他的很多其他旅程，根本没有在我们的对话中。我总是想，这年轻人走得真远，才二十岁，走过的路已经比99.99%的澳门人都要多了。请不要说这是因为他有什么家境及条件，他的世界大，只是因为他的心很大。看他脸书上的照片，他去过那么多的国家，认识那么多不同种族的人，生活中有那么多缤纷的色彩。

后来我才从他家人口中得知，他早在高中时代就有探索世界的计划：他先攻读国际关系学，然后计划利用大学期间每个长假短假去不同国家，学术与游历双管齐下，为的是探究今天的全球局势与世界问题。他有胆识，但不是玩笨猪跳（蹦极）那种消费式的胆识；他有宏愿，但不是买千万豪宅那种享受型的宏愿。

《新生代》早前做了个纪念专辑，选了阿朗的八幅插画。杂志有个介绍老店的栏目，叫"老字号"，每期都配一张插画。阿朗当时主动请缨，每次都画出一幅非常细致漂亮的澳门老店插画，画过龙华茶楼、晃记饼家、英记鱼栏等。他自小习画，对绘画兴趣浓厚。

画这些画的时候，他其实已入读伦敦政经学院，课业繁重，

君朗为《新生代》所绘插画

他大可以把更多时间放在学业上，但他从来不是功利的人。正如他去尼泊尔实习，去非洲安哥拉做研究，都不是学校要求的，纯粹出于他对世界的好奇，对自己的要求。画这些画，是因为他在忙碌生活中仍坚持兴趣，不舍艺术。

很幸运地，除了在《新生代》的接触，我跟他有过一次单独的聚会。去年（二〇一七年）夏天，他帮我从英国带东西回来，我们一起去喝咖啡。虽然已身在英国名校，已有那么多见识，但他很谦和，很少妄下判断，更多的是对世界好奇、发问，想去寻找答案。

在澳门这个地方，要过安逸庸碌的一生何其容易。我当老师，最沮丧的从来不是看到天资不足的学生，而是看到世界很小、视野狭窄，对世界不好奇、对生命不探索的年轻人。阿朗是例外中的例外。得知他离去之后，我跟朋友说，他在澳门是万中无一的年轻人，我朋友更正说：应该是十万中无一。

当日得知这一噩耗，除了震惊及难过，坦白说，我还心存愤恨。在这纷乱的时代，那么多人每天虚度时光，如此十万中无一的年轻人，却就此离去，令人扼腕。

也许，我们只好相信这句老话：有些人，虽生犹死；有些人，虽死犹生。阿朗，尽管我们没有你一半勇敢，但我们会努力带着你对世界的好奇与善意，好好地活下去。谢谢你在这世界留下的力量与价值，我们爱你，也为你感到骄傲。那么多人的人生留下一塌糊涂的丑陋，你短短的一生却留下这些美丽的色彩，足以影响我们，足以启发后世。

Preface

—

* Peter Trubowitz

(Professor and Head of International Relations London School of Economics)

Kuan Long (Marco) Lam transformed every institution, place, and person he touched for the better.

Here at the LSE, Marco was an out-standing student who excelled in his chosen field of study, international relations. His love for international affairs was apparent to his professors from the very start of his studies and it never flagged during his three years at the LSE. From "Theories and Concepts in International Relations,"to"Foreign Policy Analysis,"to his BSc dissertation on the challenges of international development, Marco demonstrated a keen intellect and a capacity for original research. His dissertation entailed extensive research, including field work and interviews, not often encountered at the BSc level. In recognition of Marco's many academic achievements, the LSE granted him the rare honor of an Aegrotat degree.

While the LSE awards BSc degrees based solely on academic achievement, Marco was not only an excellent student. He was also a vital member of the LSE community. He contributed actively to the life of the School and developed strong bonds of friendship with many of his peers in International Relations and across the LSE. Whether it was giving a talk to younger students about working at an NGO, or sharing his thoughts through blogs and social media, or participating in the International Relations Department's annual retreat at Cumberland Lodge near Windsor Castle, Marco's inspiring contributions to the life of the LSE were felt by all those who came into contact with him.

Marco's social commitments extended far beyond London. He was in many ways a citizen of the world – and intrepid traveler that took him from Macau to London and from Nepal to Angola. Marco realized that lived experiences were an essential complement to classroom learning and he made the most of opportunities to study abroad, such as the summer he spent in Kathmandu working as an intern at the Centre for Migration and International Relations. This probably also helps explain his deep attachment to the LSE, whose multinational student body enabled Marco to establish friendships with students from all four corners of the globe.

Marco's life was all too short, but in his two decades, he left an indelible mark. He will always be a treasured part of the LSE community.

附译文：

序

—

*彼得·图波维兹

（伦敦政治经济学院国际关系学教授、系主任）

为了学习，林君朗总是在不同的学院、不同的地方、不同的人之间转来转去。

在伦敦政治经济学院，君朗是一个很出色的学生。他在自己的学习领域——国际关系学——成绩优异，而且这三年以来都热衷于和教授们讨论各种国际时事，巨细无遗，孜孜不倦。从"国际关系理论与概念"到"外交政策分析"，乃至他那篇和国际发展挑战相关的学士毕业论文，都能够让人看到君朗在原创研究上的才华和能力。他的论文，引导出大量研究，包括实习和访谈，这样的水平在学士中并不常见。了解到君朗的各种学术成果后，伦敦政治经济学院向他颁发了罕有的特殊学位。

学院愿意仅以他的学术成果便颁予学士学位，是因为君朗并不只是一个出色的学生，也是学院里的活跃分子，积极投入校园生活之中。不论是国际关系学系的同学，还是学院的其他同侪，都是他的好朋友。他自NGO实习回来后与学弟学妹细说见闻，又在博客和社交媒体上分享所思所想，更参与了国际关系学系每年都会举办的坎伯兰小屋研修会（在温莎城堡附近）。与君朗接触过的每个人，都能够感受到他在校园生活里的热情和奉献。

君朗的社会承担，远超于伦敦之外，俨然是世界公民。他怀着无畏的勇气踏上旅程，自澳门来到伦敦，又从尼泊尔走到安哥拉。他早就意识到，除了课室里的学习，切身的经验更是不可或缺的，所以他充分利用海外求学的机会，暑假期间到加德满都的"移民与国际关系中心"实习。这或许也解释了他对伦敦政治经济学院的深厚感情——正是这集多元文化于一身的校园，帮助他与来自世界各地的同学建立起了友谊。

君朗的生命虽然短暂，但在这二十余载里，他留下了无法磨灭的印记，此亦将长存于学院校园之中。

（关家熹译）

留学见闻

*在脱欧公投的历史时刻，身在英国求学的华人青年有何见闻？到海外求学的见识和辛酸从何谈起？踏出学府走进社会，实习工作里的种种带来何种体会？林君朗从预科阶段开始，讲述自己留学二三事，更不吝分享当地大学的招生制度。在留学期间，林君朗当过街头义工，参加过实习计划，出席过学术会议。他从不只是一个埋头学习的学生，而同时是一个走进繁华闹市中仔细观察的思考者，每一篇文字都是他的一场头脑风暴。

▶▶ 伦敦这一年

在初中阶段，笔者已萌生出国留学的想法，家人也十分支持。由于想在澳门完成六年中学，但没有考英国的公开试，便和很多同学一样，选择中学毕业后去英国读一年预科（Foundation）。这有助于准备好相关的学科知识、练好英文才升大学。回顾这段日子，我绝对没有后悔自己的决定，在新环境浸淫了一整年，是时候总结其中的经验了。

去年刚开学不久，学校已教我们用UCAS（Universities and Colleges Admissions Service，大学和学院招生服务中心，全英大学统一申请机构）网上报名、写个人陈述和选五所大学。这是苦等与不安的过程，万一全部大学都拒绝怎么办？到了十二月、一月，唉！有两所大学都拒绝了我的申请，这时已盘算着最坏的情况是在另一所大学多读一年预科。

一向不喜欢讲电话的我，放学后竟躲进一角，忧心地打电话跟爸妈商量将来的打算。幸好，这时他们不断鼓励，爸爸说只要考虑我有兴趣的学科，不用担心学费，学到知识就是最大的财富。后来，也许真是"否极泰来"，三所好的大学都发了有条件录取通知。

在三月的复活节假期，还记得在葡萄牙科英布拉的书店收到一封电邮，是伦敦政治经济学院（The London School of Economics and Political Science）国际关系科的入学试邀请。国际关系理论中的英国学派发源于此大学，这里有悠久的国际关系研究传统。此刻，离梦想的大学又近了一步！准备入学考试期间，我经常看研究国际关系的杂志和网上新闻。通过了入学考试，得到有条件录取，对预科课程和雅思英文考试的成绩有一定要求。

预科成绩的要求不难达到，却被雅思考试难倒。考了两次，都是口语部分差一点点，倘若不能在短期内提升，便要跟心仪的大学失之交臂了。看见身边的同学都在周游列国享受人生，我却旅行不敢去，机票也不敢买，只有困在房间疯狂说英文。此外，我也报了一对一的会话训练班，还每天上网看BBC电视节目，对照字幕朗读以练习口音，遇到不明白的字立刻暂停，写下来整理自己的"小字典"。终于，最差的口语部分在一个月内由六点五分进步至八分，这是最实在的回报。升大学的事情准备就绪后，我便出发前往科索沃、马其顿和希腊，展开半个月的历史和国际关系探索之旅。

今年，是我们家"丰收"的一年。妈妈先在广州读心理学硕士并毕业，我们全家又在七月飞往澳洲参加姐姐的大学毕业礼，接着便轮到我在伦敦读三年的大学！在这困难的过程中，感谢一直为我加油的父母，教我明白在成长中各个阶段，都要定好目标和计划后路，之后便全心全意去做。我给预科课程的国际关系老师Lulwa写了一封感谢信，因为她是我在这科的启蒙老师。她答道："虽然今年很漫长，但你令这一切都值得。"

前几天，笔者去了香港参加大学的新生聚会。校友致辞道："我们大学毕业生有四种：第一种年赚百万，第二种年赚千万，第三种想改变世界，第四种想统治世界。"这一刻，大概每个人都在想，自己会是哪一类呢？相信将来无论如何，我的生命将有新的意义。同时，不会忘记必须谦虚学习。爷爷曾说过："欲达成功之路，必经奋斗之门。""成功"是永无止境的追求，人在每一步都有其目标，每个阶段都有些起伏跌宕，人生才有趣味。

我翻出爷爷的书法赠言，铭记他对孙儿的寄望："海阔天空任翱翔，见微知著费思量。远因近况需深究，透过现象觅端详。"

（二〇一五年九月四日）

▶▶ 我的大学

伦敦留学新鲜事

阴冷潮湿、文质彬彬、历史悠长的古老帝国之都，是我心中的伦敦印象。即将赴英留学当日，正是苏格兰独立公投进行得如火如荼之时。在这一时刻前往面临解体危机的大英帝国，心中或多或少有些不安，也有些期待见证这一刻。最后公投结果尘埃落定，涟漪散却，表面上复归平静。

下机后随着人流过关，像我这样只身求学的留学生比比皆是，脸孔上都流露出一点迷茫、一点决心，还有一点勇气。幸好有叔叔的朋友从机场载我去宿舍，还悉心提醒在伦敦生活的经验之谈，否则我就要拖着两大箱行李，狼狈地四处乱走了。

怀着初到英国的激动，还有时差的关系，大清早我已精神十足。我就选定一个方向，一直往前走，游览西敏寺、大本钟、伦敦眼等壮观的景点。心里跟自己开玩笑说，举国的地标都让我在一天内看完了，以后还看哪些呢？此时，眼前突然冒出一条长长的游行队伍，原来是要向即将召开的联合国气候峰会表达诉求。"There is no planet B!""Vote Green!"各种标语引人注目。提到游行，澳门人可能只联想到政治，这里的人却会为对抗全球暖化而走上街头，足见他们对生活质量、居住环境的重视。

伦敦人对生活质量的追求，反映在城市规划上。在寸土尺

君朗与亦师亦友的谭达贤老师

金的市中心，他们划出两平方公里的绿地给海德公园，还有其他大大小小的公园、绿化带贯穿市区。在偌大的草地，我随处席地而坐，随心阅读，享受宁静的午后。

　　认识了班上的各国同学后，生活开始充实起来，我们一起为生日的同学在宿舍厨房办派对，乐在其中。就在下星期正式上课前，抓住夏天的尾巴，前往海滨城市布莱顿，与在当地留学的朋友结伴畅游。中学毕业后，留学生活才刚翻开第一页，每个留学生都有不同的感受与收获，个中甘苦自知，端看每个人如何体会。

（二〇一四年十月七日）

思考英国大学收生糊名制

英国大学录取学生一直有种族不平衡的倾向，本地的黑人和少数族裔录取率较白人为低。首相最近要求自二〇一七年开始，大学审阅入学申请时要实行糊名制。笔者以亲身报考英国大学的经验，分享一下自己对这一措施的看法。

在英国，不论本地或国外学生，要报考大学都需经过全英大学统一报名系统UCAS。有人说英国大学招生是全世界最看重"个人陈述"（Personal statement）的，所以笔者主要说这方面。个人陈述以四千个英文字母（六百个词左右）来展示自己对报读科目的兴趣和认知、个人经验、课外活动等等。撰写个人陈述是我去年饱受压力的一件事，因为要在有限字数内，把自己最好的一面完全展露出来，而不想大学人员看完头两句便丢进垃圾桶。老师更教导我们预先略读大学提供的阅读清单，在个人陈述上"抛书包"（指有意地展示学问），表现自己对该科的见解。那时我们要给老师再三修改订正，才有信心呈交。

令收生人员感动的个人陈述，有时比优秀的成绩更重要。可是，社会下层学生的劣势，就在此浮现出来。首先，来自私立和传统名校的学生，在写个人陈述时通常得到更多协助和指导。有新闻说英国的孟加拉国裔学生平均每一千字有2.29个错处，而白人学生只有1.42个。这些学生也许都能考取同样的成绩，但前者较少接受辅助，文章中的沙石，如文法错误、串错字的机会就会较多。

既然要展示个人经验，"赢在起跑线"的学生自然有更多东西可谈，例如实习机会、旅游见闻、课外活动、奖项等，随时可抛出亮丽的清单。除了靠个人努力，家庭的人脉和金钱也可达至事半功倍。

有人说其实大学早已用编号代替姓名，但怎样做才可确保更公平呢？欧洲有些大学的极端做法，就是先选出符合入学门槛的学生，再抽签分配部分供不应求的学位。另一个例子是美国，向某些学生保证大学审阅入学申请时，会同时考虑其家庭和教育背景，且错字、错文法不会有大影响。

糊名制的出发点具有建设性，是迈向平等的开端。不过即使没有名字，审阅人员看完个人陈述也大概知道学生的背景。姓名或会令录取人员有潜意识的偏见，却未必是最重要的因素。例如中国学生是英国高等教育市场不可忽视的群体，可是他们的名字在外国人眼中只是无意义的音节，仅能令大学得知其国籍。我认为，大学可能会有个大概比例，衡量录取不同国籍学生的数量。然而，正如笔者的大学同学就来自一百五十个（而全球才只有一百九十多个国家），歧视未必是因为名字。最后能否成功踏入理想大学，取决于更多深远的个人、家庭和教育因素。

（二〇一五年十一月二十七日）

伦敦大学宿舍一谈

笔者在这里曾谈及学习生活经历、报考英国大学的制度等，今天说另一个切身问题——宿舍租金。英国各大城市也有著名的大学，但若在伦敦留学，生活费本已较高，住宿费用更吓到部分学生。以笔者来说，身为一个海外生，第一年的学费是一万七千镑，近二十万澳门币，而宿舍方面则是九千八百镑，近十一万澳门币，校方更注明两者有可能因通货膨胀等因素而逐年加价，总之是有加无减。

在我就读的大学，学校宿舍会优先分配给所有一年级新生，这些宿舍有些是学校物业，其余则是外判的，每周租金都在二百镑之上，是全英国数一数二的贵。今天在学生会的校报头版，我就得悉有两位大三的同学准备发动租金抗议，认为之前建议的冻结租金升幅已无效，要求所有学校宿舍租金下调一成，还建议全部一年级学生拒付下一学段的租金。可是，也许发起人并没有留意，我们很多一年级学生入住宿舍前已签了有法律效力的合同，拒交租金只会令自己被逐出宿舍。

简单说说我的宿舍吧，它和学校分别位于街头与街尾，步行路程八分钟，所以我每天临上课才出门。每个学生都住独立房，房内有洗手盆，但浴室、厕所和厨房则要和另外四人共享。这里的租金昂贵主要由于其极好的位置——附近有市集购物广场科芬园、和朋友聚会必去的唐人街、大英博物馆、西区歌剧院群。但我看见其他朋友即使在远一点的伦敦第二区，也能以较低价格租一间包私人厕所、厨房和双人床的套房，再看看自己狭小的单人房、望不到自然光的窗户，就觉得找宿舍总要有所取舍。

新年过后，大一已踏入第二段，大二就要自己找住处了，同学们都费煞思量——因为交通距离直接影响上学出勤率啊。有些同学已找好朋友合住，有些则成为学校宿舍的学生委员，明年有资格续租。而我则偏向自己居住，较大自由，目前还在网上四处寻找，也未下定主意。

　　总之，宿舍的情况因应城市、大学和学生而异，我希望借此文分享一点个人经验和感受，让有志到英国读大学的同学有点头绪，也让其他地方的大学生了解一下英国的情况。

（二〇一六年二月五日）

我的大学图书馆

　　虽然我今年修读的四门学科都只有学年末的一次考试，但踏入第二学段，总觉得如果不及时清理一些学习内容，到时便有麻烦了。每天上完课后，我便会在大学的图书馆"打躉"（长时间逗留），今天分享一下这里的趣事。我目前就读于伦敦政治经济学院，其图书馆全名是"英国政治经济图书馆"，据说是世界最大的国家级社会科学图书馆，也对公众开放。

　　整座图书馆共有五层，楼层之间是中空的，最瞩目的螺旋形楼梯贯穿整个天井，成了这所大学的标志。然而，当同学每天要上上下下，就能体会这设计如何令爬楼梯变成漫长痛苦的旅程。许多人因此被迫搭升降机，但透明的玻璃升降机也十分华而不实，每次只能载七八个人。要说我对图书馆的印象，大概就是"眼睛享受，双脚难受"了。

　　本来我不习惯在图书馆温习，但宿舍的房间狭小又幽闭，故后来在图书馆的时间越来越多，到第二学段开始通宵开放后，这里基本上是我度过无数漫漫长夜的地方。在图书馆总要找个位置坐下，这时我的强迫症又来了。我独爱找一个靠墙的、有挡板隔着对面的座位，但整个馆只有六个这样的"风水位"。如果迫不得已要坐到其他开放的位置，心中无时无刻都感觉到被人盯着，浑身不安。在这样微小的个人空间里，很容易受杂音影响，例如旁人讨论、聊天、放屁、打喷嚏，都会令人分心。

很多人来图书馆并非为了这里的书，只不过是为了一个座位，以及安静又令人不敢打瞌睡的氛围。每逢下午四五点，是人流的高峰期，整个馆几乎全场满座。抬头扫视，我们的学生可粗略分为两种。一种是读商科的，随便走过一排桌子，满目都是经济学、统计学、会计学这几个关键词，计算机屏幕上尽是一幅幅摇来摇去、左弯右弯的曲线。而另一种就是人文学科的同学，就读国际关系的笔者也是其中之一。我们在图书馆十居其九都是为

君朗的大学图书馆

消灭每周的阅读任务而"搏杀"。凡是四周堆满英文字母，疯狂总结，在计算机面前狂敲文章的就大概是人文学科的同学了。

我在这个图书馆时常有新趣事，有次心血来潮寻找关于澳门的书籍，竟也找到差不多十本。在一些蛛丝马迹中，更发现有一本是中学同学的父亲所写的。我爱这座图书馆，它不但时常带给我知识上的惊喜，更是整所大学的精华所在。回想起当初如何拼了命也要获得这个入场资格，我绝对要善用在这里的时光。

（二〇一六年二月十九日）

英国大学金银铜三级制

英国大学教育对全世界学生都有莫大吸引力，但全英国共有一百五十多间大学，各商业机构的大学排名又各有不同，应如何选择呢？上月，英国教育部宣布将根据大学教学质量，为其设定金、银、铜三个等级，这个新计划会于明年年中试行，届时英国政府对国内大学的评级就会出炉。这绝对会影响各大学学费上涨幅度及其排名，对有意到英国留学的学生有重大参考价值。

一直以来，学生选大学的一大参考因素就是排名。近十多年来，具世界影响力的排名榜有"泰晤士高等教育世界排名""QS世界大学排名"等，但两者都因有一定的商业性质，或具过多主观指标，而惹来批评。至于英国国内排名则有"完整大学指南"、《卫报》等，提供细致的综合和分科两种排名。在比较不同排名榜时，我发现由于各私营机构评分方式不同，同一所大学在各榜中的名次可以有很大差异，而且有些个别科目甚为优秀的大学未必在整体排名上名列前茅。所以还是那句话，这些排名只供参考。

有见及此，英国教育部将以金、银、铜三级制为全国大学评级，指标包括学生满意度、退学率、毕业生就业率等。值得注意的是，自二〇一八年起，这个官方排名将会决定哪些大学有权提升学费。英国在公投决定脱离欧盟后，英镑已大幅贬值近两成，各大学几乎都会继续调升学费。

即使英国本地学生和欧盟学生的学费受政府规管，目前只需付九千镑，明年九月入学的亦已加至九千二百五十镑。至于对国际生的收费更是年年攀升，以笔者的大学为例，大一学费为一万七千镑，到今年读大二，学费已升至一万七千七百多镑，学校已确定学费会逐年提升百分之四。这是很多英国大学的普遍现象。

我认为英国教育部的介入是件好事，因为在脱欧公投后的大学加价潮中，很多水平一般的大学对国际生开天杀价，却未能提供预期的教学水平，导致质次价高。这个三级制有望能提供更公正的排名，让学生升学时得以考虑更多因素，对各大学教育质量有更周全的认识，花的钱物有所值。

然而，相比起把每所大学逐一排名，我担心这个三级制过于笼统，例如银级第一名和最后一名的大学在教学质量上肯定有很大差距。而且，仅获铜牌的大学基本上就处于最低边缘，但它们可能利用此名衔，对不知就里的海外生作误导宣传，例如把铜牌诠释为政府对其教学成果的奖励。因此，这个评级制度仍需在实际试用中不断改进。

（二〇一六年十月三十日）

▶▶ 我的义工经验

在伦敦义卖蛋糕的早上

伦敦的大学提供很多做义工的机会，也考虑到学生课业繁忙，多数都是网上报名，且只做一次的。在开学后的两个月里，我曾为即将拆迁的小区中心清理垃圾，又试过在古老庄园为国家名胜古迹信托包圣诞礼物送给小孩。早前我为英国一个帮助解决住房问题的慈善组织Shelter义卖蛋糕，想分享这次经验和对英国慈善组织的思考。

早上九点，我逃了一堂课，去到Shelter的慈善二手店，工作人员已预备了蛋糕、糖果、气球和抽奖礼物，在店门外摆摊进行义卖。我穿着刚刚分发的制服，拿着筹款桶，最初有点害羞，不想走到人面前迫他们捐款，既不愿遭到无视，又觉得他们自愿的话就会过来看看。后来，我主动向路人打招呼，得到一个微笑已十分愉快。

我观察到会捐款的通常都是中年女士，在接小孩和去超市买菜途中停下来看看，有一位甚至拿出小钱包，里面装着一大堆一仙硬币（即一分港币），原来早有准备。这里虽不是富裕的小区，但人们普遍很有善心，即使不捐款也会微笑相对。当地义工跟我说，英国人颇信任慈善机构，了解其服务内容后多数都会支持。

在义卖蛋糕时，我跟另一位义工聊天。她是在政府工作多年的女士，妹妹叫她才来帮忙。聊到英国无数的慈善机构，我就想起去年五月的一宗新闻，说有个九十岁的婆婆长期慷慨捐款，在当地社群间是出了名的不懂得拒绝要求，所以个人资料被各慈善机构互相传阅。她每天收到大量信件、电话，有些机构更直接把善款从其退休金账户转出。最后，婆婆抵受不住长期的精神压迫，萌生去意，跳桥自杀。此新闻一出，立刻引来多方抨击，批评英国部分慈善机构只顾筹款，侵犯捐助者的私隐和滥用其善心。

"我们的慈善机构是否太多了？"这是英国媒体常见的话题，因为这里的慈善机构每年增长五千个，目前已超过十八万个，九成五都靠义工营运。这里的慈善事业覆盖广泛，退役军人、病人、动物保护、犯人权益等都值得募捐，伦敦的慈善二手商店最近更如雨后春笋般发展起来。究其原因，是因为开慈善店比开零售店容易得多。前者得到政府支持，提供豁免企业税、销售税等优惠，且货源、人工都几乎没有成本，营运的压力较私人开设的牟利商铺为小。可是，在僧多粥少的情况下，假如经济稍微转差，每个机构所得的募捐也会减少。

如上文提及的那位英国婆婆遭大量慈善机构骚扰而自杀的悲剧就反映出，在激烈的竞争之中，这类组织可能会用激进的策略来筹款，但到头来很可能失去公众信任。同时，他们也要面对媒体监察，稍一不慎就会将慈善事业的声誉毁掉。因此，有官员建议把同类的慈善机构合并，调高注册门槛，长远地降低其数量和提高效率。

义卖蛋糕

　　然而，我却认为慈善机构要在这个社会经营，便得学习商业公司那种"有竞争才有进步"的方式。有些人一方面支持中小企业，反对因大企业垄断而失去选择，一方面却说要削减小型慈善机构，这是不合理的。虽然有人说慈善机构越多，所需人手和营运经费就越多，可是大部分小区的慈善组织通常只是几个人义务营运，有些还采用低成本的网上经营，比起因循体制的大机构更敢于创新。

　　在我看来，同类的机构令人眼花缭乱，他们应做的是彰显自己的特点，吸纳不同受众。设身处地去想，每个地方都有规模不一的慈善机构，位于不同阶层的小区，有各种目标、服务和人脉。他们有些深入耕耘，跟居民建立互信，是层层叠叠的大机构无法比拟的。如果有完善的法律条文和社会道德自律，我们不必凡事追求大一统，若多数慈善机构都行之有道，百花齐放会是好的景象。

（二○一六年四月二十八日）

在伦敦剩食中心做义工的下午

十一月刚开始，我在浏览学校的义工活动信息网站时，发现一个替"Fare Share"食物回收中心当一天义工的机会。"Fare Share"的回收站遍布全英国二十多个地区，专门跟大型超市合作，收集即将过期的食物到仓库处理，并分配给各大小机构。

我在日常生活中一直都珍惜食物，故对这种机构极感兴趣，希望借此了解超市浪费食物的程度和回收食物的过程。这个义工活动很受同学欢迎，我有幸成为十五人小组的一员，于某日下午一起坐地铁前往食物回收中心。

到达中心后，我们穿过办公室，进入仓库，穿上工作服，聆听工作人员的讲解。她说这里不是食物银行，人们不会直接在这里拿食物，而服务对象是各大小机构，如露宿者中心、长者午餐会等。它们定期付廉价会费，就会得到食物中心送出的食材。

起初我以为既是超市免费送出的，多是不受欢迎的过期烂货，原来并非如此。在这一箱箱食物之中，竟有全新的金莎朱古力、自由放养的有机鸡蛋、高级法式杯装甜品等。这些我平时不舍得在超市买的东西，通通被当成垃圾送到这里，简直是个应有尽有的大型超级市场。

工作人员续道，食物浪费有很多原因，如超市预计某个夏日周末会有很多人去烧烤，因此提前预订了大量火腿、香肠，但当日却下起大雨，这些食物便积存过量了。每间超市每日都要预估顾客对各种食物的需求，但总会有多余的，如不能及时出售便浪费掉了。

我们十五个同学分组行事，我和另一位女生负责在仓库一角的冷藏库工作，这里存放了新鲜蔬菜、牛奶、速冻食物等，是个超级寒冷的大雪柜（冷藏柜），我们一边做一边流鼻水。负责协助我们的是个名为Lisa的阿姨，她是这区的地方法官，逢周三下午有空便来做义工，负责整理和清点食物，已经做了七八个月。我们面对一箱箱杂乱的食物，首先要逐件查看过期时间，并把不同种类的食物放进各个胶托盘里，每个托盘限载三公斤，要用心算把每个包装盒上的重量相加。

在冷藏库里，积存最多的食物是馅饼（Pie），有鸡肉、烟肉、牛肉、素菜馅饼等。英国人喜欢做馅饼，却吃不了那么多，看看这几百个铺天盖地的馅饼便知道了。我跟Lisa阿姨笑说："英国人真是世上最爱馅饼的民族，你们有很多关于馅饼的成语，如'Pie in the sky'（遥不可及）、'Easy as pie'（极容易）之类的，还有哪个文化会什么都'Pie pie pie'啊！"大家都笑了。参与小区义工，跟当地人接触，从一些小事情里发现地道特色，真是最能直接感受当地文化的机会。

在食物回收中心冷冻仓做了两三个小时义工后，我便从即将过期的食物堆中拿出一盒水果和一块馅饼，到休息室享用。这时我遇到一位工作人员，她亲切地问我要不要拿几盒水果谷物片回家，虽然都是已过期的，但我也没所谓，不需盲目跟足"保质期限"，只需用经验和常识去判断即可。

然而，凭个人之力又可挽救多少食物呢？送到食物中心的肯定只是冰山一角，制度性的浪费实在不是每人多吃一点便能解决的。亲身到过剩食仓库，就会明白那种面对暴殄天物的无力感。我们的经济模式就是无穷无尽地生产与消费，产业链环环相扣，每个环节都不能停下来。

当中最令我印象深刻的，就是食物中心耗费很多空间和人力去处理网上订购食物的退货。几十个托盘里都是一包包以胶袋（塑料袋）装着的食物，是人们在 Acado 网上超市订购的，因这些顾客在货物送上门时没有领取，故最后被送来这里。这些零散的食物绝对比超市大批捐赠的相同货品更难处理：首先要把胶袋拆开，取出一件件货品并作东拼西凑粗略分类，然后还要在同类食物中再筛选。食物中心在两个月前开始为网上超市处理退货食品，因此要组织更多义工来帮忙。

英国各大超市现时都提供网上下订、送货上门服务，我原以为网上超市的货品总比实体超市贵，而且只是大城市中产阶级偏爱的高级服务，但实际上这已成为全国趋势。新闻说网上超市销售总额预计会在二〇一五至二〇二〇年间达一百七十二亿英镑，而传统超市生意则会下跌。

随着美国大型物流公司亚马逊今年攻入英国网上超市行业，激烈竞争下本来获利不多的生意更难做。新鲜食物的特点是保质期短，必须于数天内完成交易，很多业者都认为这是"烧银纸"，因这生意制造大规模浪费之余，还要依英国法例接受顾客退货，也令成本上升。

虽然我会经常上网买电器、小家具等，但说到购买食物，仍是会去实体超市。一来挑选食材是种乐趣，二来可选购当天过期的减价货，帮助超市减少浪费，同时为自己的荷包着想。而且我总觉得"羊毛出在羊身上"，司机、送货员等各种成本，最终还是转嫁于消费者，不如自己骑单车去超市购物。

英国一些有社会责任感的超市，每天傍晚都会把当天过期的食物减价出售，贴上黄色标签，并摆放于特定货架进行促销。我平时放学后去超市购买往后几天的食物，都会先去促销货架挑选，有时甚至可尝试到原本因价钱太贵而不会购买的东西。大型连锁超市 Tesco 甚至承诺，在二〇一七年之前做到"零浪费"，把所有多余食物捐给慈善组织。虽然以澳门的城市规模和交通状况来说，网上超市未必可行，但这些减少浪费的做法十分值得欣赏，其经验可供澳门的超市借鉴。

（二〇一六年十二月二十三日）

▶▶ 政府实习生计划

浅谈英国早期多元实习计划

笔者目前在伦敦读大学一年级，在三月复活节假期间，完成了为期五天的早期多元实习计划（Early Diversity Internship Programme，简称EDIP）。EDIP是一个由英国政府提供给大学一年级学生的实习计划，获录取的学生会被根据其主修科目，分配到不同的政府部门观摩学习。

部分赴英留学的澳门学生持有葡萄牙护照，虽然也许会由于居住时间和留英目的等限制，未必能享有欧盟学生的学费减免优惠，但也可善用这个身份，把握英国政府提供的实习机会。即使同学们将来未必想担任公职，可是在这段时间内的收获是超乎预期的，我会在之后的文章详谈。

首先简介一下"早期多元实习计划"的意思。"早期"即这计划是为大学一年级学生而设；"多元"即目标对象为持有欧盟（包括葡萄牙）或英联邦国家护照的黑人和少数族裔，包括亚洲人。"实习"即在复活节假期间到某个政府部门作一星期的观摩学习，这对初入英国大学的学生来说是极其难得的机会，因此竞争异常激烈。

英国政府之所以设立这个计划，是因为目前其公务员团队仍以白人为多数，政府希望增加其他族裔的比率，以利建立更多元化的工作团队，在制定政策时考虑到不同族群的声音。同时，这个计划能让大学生了解公务员的实际工作和报名程序，使政府在日后可招聘更高素质的人才。

我将会在接下来的几篇文章中详谈早期多元实习计划的报名和筛选程序、工作内容，以及在英国能源与气候变化部实习的经验和心得。此外，也会谈及我实习期间了解到的英国政治情况，并分析能源问题如何在英国与欧盟的关系中起关键作用，还有倘若英国脱离欧盟，在能源方面对双方的影响。

（二〇一六年六月二十四日）

英国实习计划录取过程复杂

前文谈到澳门学生若到英国就读大学一年级，且持有欧盟护照的话，可以申请英国政府的早期多元实习计划。这个计划广受大学一年级学生欢迎，竞争激烈，更要"过五关斩六将"，通过各式各样的测试，才可得到为期一星期的实习机会。以下我会简介整个录取过程，同学们在英国留学时，报其他公司或银行的实习也要做相似的测试，因此会有参考价值。

首先，学生报名后，要参加网上的阅读测试和计算测试。这两个测试都是计时的，所以颇具压力，但在正式测试前可先做模拟测试，做足准备。倘若通过这两个测试，便要做网上的情境处理测试。每条题目都会描述一个工作中可能会遇到的难题，并提供四个解决方案，学生要选出最好和最差的方案。这个测试不计时，旨在评断同学处理突发事件的能力。

之后，还要填写报名表，包括详述自己在中学、大学期间参加的课外活动，以及写一封"动机声明信"（Motivation statement），性质类似自荐信，解释为何报名，预料参加实习的收获和挑战等。这些测试我都在去年十二月完成，犹记得那时正在圣诞旅行途中，在火车上、青年旅馆里做测试，写自荐信，实在付出了很多努力。

这些都过关后，便到了电话访谈环节，大约在一月尾进行。访谈目的是评估参加者的综合能力，问题包括团队工作、应对突变、处理困境等，参加者要提供个人例子去证明自己在这些方面都能胜任。访谈之前我是十分紧张的，一来英文说得不是很流利，二来担心访谈员问一些刁钻问题。故此，我约了学校的就业指导中心为我练习对谈，改善说话内容和表达技巧。电话访谈那天，我既期待又焦虑地坐在房间等候来电，幸好我早预备了一份讲稿，让我有信心回答问题，不会"无话可说"，而且内容也不会离题。

其实，这一系列的测试都是在英国民众向大公司报实习、求职时常见的，所以这次报早期多元实习计划的经验，让我感受到在英国找工作的挑战。当然过程中我也想过有可能被筛掉，不过参加录取测试本身就是提升能力的训练。由上面提及的漫长过程可见，整个系列的测试是在约三个月时间内分摊来做的，所以报名者能够准备充足，可是也要注意每次测试的期限。虽然我有次曾错过期限又得到延期机会，但录取人员确实是可以取消我的资格的。在下一小节中，我将会分享在英国能源与气候变化部实习的见闻。

（二〇一六年七月八日）

谈英美两国对政府实习生的种族政策

英美两国政府都有为大学生提供实习计划，而在这些对种族问题十分敏感的国家，政府实习生的种族多元化程度，反映着不同族群接触主流政治的机会。笔者之所以比较两国在这方面的政策，缘于今年夏天，美国众议院议长保罗·莱恩（Paul Ryan）与一群政府实习生的一张自拍。

今年七月，莱恩在社交网站 Instagram 上发了一张照片，那是他和身后一大堆政府实习生的自拍，并配上文字说明："我想这是一张自拍里有最多国会实习生的纪录！"然而，他忽略了一件很重要的事，就是此照片中政府实习生的种族非常单一，也反映了在美国公务员队伍里，白人仍占压倒性的地位。在美国，有色人种占全体国民百分之三十五，但其在高层立法机构公务员中的比例只有百分之七点一。这张照片有见微知著的作用，令政府高层的"全白现象"再获注视。这一情况引起美国一些华人团体不满，并指出："打入主流很辛苦，但如果连实习生都做不到，又怎么进入下一个层级？"更有黑人网民说："这张照片白得我要戴太阳眼镜才敢直视。"

相反，在政府实习生种族多元化这一方面，英国就似乎稍为进取。笔者在今年三月参与"早期多元实习计划"期间，第一天就跟所有实习生到某政府部门的礼堂聆听讲解，当时已看到会场上绝大多数是东亚人、黑人和印巴裔人，百多人中只有十几个白人，因为这项实习计划正是为少数族裔而设的。负责讲解的人员强调："政府人员的种族背景如果太过单一，做出来的政策又怎会多元呢？"他们多次向我们述说公务员种族多元化的重要性，如制定政策时需要考虑少数社群的意见，确保主流社会以外的族群也了解政府施政目标等，长远来说能够促进社会和谐，乃至减少本土滋长的反社会极端主义。

虽然英国政府为大学一年级的少数族裔学生提供实习机会，听起来似是很进取的做法，但笔者仍有一点建议想提出，就是政府应向实习生提供以最低工资为标准的实习薪酬或车马费。很多网上评论已指出，这种"以免费服务换经验"的实习机会，多数只有家境不俗、没有财政负担的学生才会报名，而贫穷学生多数只会盘算如何多做几份兼职帮补家计。由于社会潜在的结构性歧视，大多数贫穷家庭同时是有色人种家庭，负担不起这种不能解决燃眉之急的"有钱人玩意"。因此英国政府若想吸引更多少数族裔学生参与实习计划、了解政府运作，甚至投身公务员行列，应考虑向他们支付最低工资或更好待遇，减轻其财务顾虑。

（二〇一六年十月十四日）

▶▶ 英国能源部实习记

第一天:"创新任务"

我在英国能源与气候变化部实习的第一天,出席并旁听了两个会议。第一个是加拿大阿尔伯塔省代表跟英国的低碳科技会议,但令我印象最深刻的,是其后的"创新任务"(Mission Innovation)国际电话会议。

"创新任务"是二〇一五年十一月在巴黎气候峰会上宣布的新计划,内容是各参与国的公私部门大幅增加洁净能源的创新投资,以避免气候变迁的灾难后果。在"创新任务"之下,二十个国家承诺未来五年将洁净能源的研究与开发投资增加一倍。它们都是在这方面举足轻重的国家,因其占全球洁净能源研究及投资总额的八成,其中包括中国、英国、美国、加拿大、澳大利亚、印度、印度尼西亚、巴西、智利等。

令我最难忘的是电话会议刚刚开始时,加拿大那边的女士很吃力地主持会议,而在几次重复说了一大轮开场白之后,都被其他国家的与会者打断,说电话接收不清晰,叫她说大声点。由于我不清楚会议的来龙去脉,所以未能完全掌握他们的讨论内容。而且,要集中精神聆听电话对谈需要耐心,一不留神便会分心。跟很多其他国家的政府一样,英国政府部门的对话和行文中也充斥着简称,通常是两三个不明就里的英文字母放在一起。倘若不全程注意说话内容，会很容易错过首次提及的全称，之后便很难理解满是简称的对话了。

这两个会议，让我见识到制定政策的基层人员是如何跨国协商交流的。我的实习对象Emma还告诉我们，有些国家参与国际会议，实际目的是想"八卦"其他国家都在做什么，或跟上国际潮流，而非真心想贡献其中。例如，某些国家在电话会谈时默不作声，亦不表明立场和提出意见，但当会谈有了初步进展后，又走出来反对，最后难以达成共识，导致政策制定只能原地踏步。

正如Emma所说："政策是由人制定而不是从石头里爆出来的，往往就由我们这些小小职员开始。"这些基层的外交来往，让我知道在政府体系中微不足道的角色，也可以影响国策，甚至在国际舞台上看到自己的点点痕迹。

第二天："信息透明"

在英国能源与气候变化部当实习生的第二天，我的实习对象Emma就英国政府信息透明方面跟我展开讨论。首先，她告诉我，市民如有不满，可以向代表自己所住地区的国会议员反映。而国会议员通常会把这些投诉转介到相关政府部门的主管，主管又会分给职员处理答复，因此，这些要求通常都经过几手的转达。Emma笑说有位母亲经常向国会议员投诉不同事情，但最后得到的答复其实是其在政府工作的儿子撰写的。而在能源部，Emma接过的投诉甚至包括市民对离岸风力发电场选址的不满。

我问:"那我猜想我们实习生能得知的信息都不是机密吧?"Emma说我的想法没错,她在这几天告诉我的东西,其实任何其他人都有权得知,因为公众是随时可以询问他们某个政策的制定程序的,而他们也有责任向提出咨询的公众交代详细文书往来。

我继续问下去:"那政府部门会否常以安全为由,不透露信息呢?"Emma说在她这个部门,这不是隐藏信息的借口。因此,他们每写一封邮件,都要想象每句话随时会被刊登在报纸上,才好说出口,故处事也更谨慎。英国这种制度也许令公务员在做事时都知道身后有民众监督着,并会预期要向他们解释政策,尝试提出确实理据,且要面对舆论问责。

当然,这可能是政府想让一众实习生知道的美好一面,所以我其后查阅了一些国际组织对各国政府透明度和开放性展开调查所得的数据。我认为在检视这些数据时,要留意到这些组织的所在地和意识形态都可能影响其研究结果,故其只作为参考。

总部设于美国的"全球资讯网协会"(World Wide Web Consortium)于二〇一五年对八十六个国家的信息透明度,即民众获得政府信息的难易程度展开调查。

英国、美国、瑞典、法国与新西兰在信息开放方面排头五位,韩国则居第十七位,是亚洲最透明的国家,至于缅甸则被指为全世界最不透明的国家。虽然现代科技令公布数据更为便捷,然而大多数政府仍保有许多"黑箱"数据,例如七大工业国(G7,包括美国、英国、德国、法国、日本、意大利、加拿大)曾在二〇一三年承诺愿意将各国重要资料公开,不过目前除了英国已公开发表政府开支、企业登记与土地持有权等多项数据,其余国家相对仅公开少数信息。

即使英国荣登透明化榜首，可是在公开地图数据上却有点落后，外界以为邮政编码是公开资料，但在英国不是。全英国约有一百八十万个邮政编码，邮政单位将此信息列为私有财产，民众若想获得一张完整的邮政编码列表，则必须通过网络付费购买。另外，英国公布的讯息多未经过消化和整合，让民众难以理解，距离"完全开放政府"的目标，还有很长的路要走。

第三天：跟公务员聊公务员

在英国能源与气候变化部实习期间，我和另一位实习生Khadiyo，跟实习对象Emma谈到英国年轻人对公务员的观感。Emma知道公务员在不少地方都是炙手可热的工作，得到"铁饭碗"更是很多人的毕生梦想。可是在英国，当地大学生却不热衷于报考公职，公务员甚至跌入英国二十大厌恶职业榜。究竟为什么呢？

先提供一些背景资料。在英国的六千四百多万人口里，有五百三十多万公务员，而私营单位职员则有二千六百万。公务员人数有下降趋势，而私营单位人数则逐年上升。此外，西方国家的公务员制度强调"政治中立"，我在实习期间经常听到公务员强调自己只听命于"The government of the day"（当时政府），就是说在这个有政党轮替的国家，当有新政党上台组织政府时，公务员便要以不偏不倚的态度去配合。因此Emma说在大选期间，由于不知道哪个政党最终会当选，所以要根据每个政党的政纲路线设计不同的政策，其中还包括两党联合执政的假设，供各党参阅，以便新政府上台后马上按部就班地实施政策目标。

然而，很多英国年轻人都觉得当地政府官僚化严重，公务员效率低下，上班时间只会吃饼干——英国纳税人联盟（Taxpayers' Alliance）去年宣称英国政府每年给公务员花一千万镑买饼干。但部分英国网民则说传媒刻意渲染公务员低效懒惰的形象，以抨击政府。至于在能源部工作的Emma则认为，担任公职时感到自己的声音受忽视，每天都是墨守成规地完成工作，而且功劳经常给上司占为己有，没有太大的满足感和成就感。她喜欢新挑战，打算多做一年便辞职，重新投入私营企业的竞争之中。

第三天：文书练习与走火警

在英国能源与气候变化部当实习生的第三天，我和另一位实习生Khadiyo获派一份文书练习任务，是要模拟为即将主持会议的部长作会前简介。

实习对象Emma跟我们说，部长每天工作日程极为繁忙，不可能对各项信息细节都了如指掌，因此需要公务员帮忙预备数据撮要，让部长在与各界人士开会前能迅速掌握会议的目的、背景、核心内容、正反观点、政府立场等。在撰写会前简介时，最重要的是先由大背景入手，提供核心讨论问题的脉络，而非零碎的细节。同时要清楚政府的底线，以及部长可能看漏眼或出错的地方。另外，意见跟事实也不能混在一起，在撰写过程中要经常问自己：这是谁说的（Says who）？那又怎样（So what）？以建立有根据、有逻辑的论述。

我们的会前简介练习是要为行政与商务部部长预备关于转换英国时区的会议，目的是讨论英国应否转换成欧洲中部时间（比现行格林威治时间快一小时），并邀请各工会代表出席。我们要让部长得知各工会的立场和论据，并说明政府在此事上采取开放态度，此次会议旨在收集意见。在研读数据途中，我得知转换时区要考虑众多因素，如道路安全、代表轮班工人利益的工会、旅游业、能源业、贸易航运业，甚至民众健康及罪案率等。我设身处地思考部长的处境，明白每项政策必然影响所有利益相关者，若强硬推行必引来民意反弹，故要思虑周全。

正当我开始集中精神阅读数据时，办公室大楼内不停传出火警广播。英国对防火方面非常严谨，我的宿舍就每星期都有一次火警钟测试，所以我对这样的广播早已"免疫"，若无其事继续写简报。但这次广播久久未停，语气越来越严肃，最后更通报大楼某处起火，要立即疏散。

原来这不是火警演习！我跟整个能源部的人员一起迅速跑楼梯离开大楼，穿过古典的白厅大道，到达对面公园的集合点。那是泰晤士河畔的一片草地，每隔两三步就有英国伟人铜像，充满历史气息。刚好有午后阳光和湿冷微风相伴，职员都笑说可以出来呼吸一下新鲜空气，虽要放下手上工作，但姑且在无奈中找点乐趣。

Emma最热爱工作，走火警时也不忘拿着手提电脑，一路下楼梯一路"的的嗒嗒"地敲键盘，沿途更跟我们简介她在做的报告。她说英国政府批出了一笔资金发展新能源，如风能、核能、水电等，而她要做的就是联络不同部门专家提供意见，安排各项优先级，并把这笔资金分配到不同范畴。

　　这次意料之外的经历，可说是在繁忙实习时间表中的一段有趣插曲。

（二〇一六年八月十九日）

塞浦路斯的朋友

"Kris，写这段文字之际，你已经在地中海上空，踏上归途了。尽管来回伦敦的两程飞机都几经周折，希望你平安回家，好好总结这次旅程，也别忘记把相片发给我留念。"

Kris来自地中海的岛国塞浦路斯，一个曾被埃及、波斯、阿拉伯等帝国统治过的文明古国。这个小岛现在被一分为二，南北分别被希腊和土耳其管治，而他住在北塞浦路斯的法马古斯塔，利用学校假期独自来伦敦旅行，顺道探望亲戚。他为了省旅费和认识新朋友而做"沙发客"，我也乐意让他在我宿舍借宿几天。

刚到达这个超级大城市的Kris，感到这里与自己家乡有很大分别。他对我说，伦敦的人很冷漠，有次跟一个老婆婆打招呼，想帮她拿袋子，不料她皱着眉头，一口拒绝了。在塞浦路斯，人们都互相认识，走进咖啡店，招呼打个不停。还有那些"八卦"的三姑六婆，无论你做什么事都不是秘密。"例如你从树上跳下来，隔几天人们就会告诉你爸妈，你从山上跳下来！"听着听着，我感觉其实这也有点像澳门。很多人都试过刚认识一个新朋友，把他加为脸书好友时，发现彼此有几个共同朋友，而当谈论这些朋友是如何认识之际，有时会发现大家的生活圈子原来早有重叠。假日走在新马路、水坑尾街道上，就更不用说了。原来生活在小城的人，都对人情味有一点感觉。

懒洋洋的星期日，我们睡到中午，乘坐地铁随意在一个站下车游逛。街上有一列列维多利亚式的砖屋，横街窄巷之间还有几个周日古董摊，陈列着银器餐具、首饰、二手衣物和书本，静静等待懂得欣赏之人。我们男生对食物也没什么要求，随手在超市买了个三明治，就坐在教堂外的公园里吃，任由凛冽的寒风在衣服缝隙间乱窜。

一天晚上，这位热爱跳舞的朋友甚至在房间里教了我几个芭蕾舞的基本步法，场面有点可笑。凌晨三点，我看见窗外突然漫天飘雪，赶紧叫醒他，随即换好衣服，带着相机冲到街上拍照！路灯微光下的白色世界是如此幽静，就像圣诞卡上的经典画面。这时突然有只狐狸从公园钻出来，但狐狸果然是如此行踪飘忽、鬼鬼祟祟，转眼已消失在丛林中。"噗！"正当我入神地拍照时，Kris突然往我身上掷了一个雪球，雪球大战就这样一触即发！回到房间倒头大睡，幻想一起床满地积雪。但太阳出来之后，雪已融化得七七八八了。

回想让Kris借宿的这几天，令我觉得，再昂贵的旅行，如果没有故事，也将黯然失色。因此，希望这些都可以成为这位朋友精彩旅程中的快乐故事。有人说："你带着行李箱，千里迢迢飞到遥远的国家，你觉得自己在旅行；你出国几年后终于回家，你也觉得自己在旅行。"我们享受旅行目的地的陌生感和距离感，同时，个中的情节和体会也很宝贵。

（二〇一五年三月六日）

英国穆斯林巴士广告支持反恐

今天在伦敦市中心的特拉法尔加广场，笔者看到一架红色双层巴士，车身上有一幅广告，黑底白字，非常抢眼。上面写着"团结起来反抗极端主义"（United against extremism），旁边还有一幅相片，是投射着法国蓝白红三色旗的巴黎铁塔，并注明"包容大爱，拒绝憎恨"。刊登广告者，是名为"Ahmadiyya Muslim Community UK"的穆斯林社区组织。

对于这个广告，笔者感觉十分正面，因为对极端主义一直持暧昧不清态度的英国穆斯林组织终于表明立场。Ahmadiyya组织是英国最古老的穆斯林组织，已有百多年历史，查阅其网站，更得知他们已在一百架伦敦巴士上刊登此广告。目前这个运动已得到英国反恐部门支持，政府赞扬其忠于全体市民利益。伊斯兰教是英国第二大宗教，有二百七十万信徒，占全体人口的百分之四点五，宣扬和平讯息有助建立族群互信。

事实上，在巴黎、布鲁塞尔等地的恐怖主义袭击事件发生后，英国人对当地穆斯林有种避之则吉的态度。即使一些英国白人有穆斯林朋友，他们也不敢在穆斯林面前提及敏感的恐怖主义问题，因为不知其立场如何。如今，穆斯林主流声音表明"包容大爱，拒绝憎恨"，并义正词严地谴责恐袭者骑劫伊斯兰教义，令人感觉他们有付出努力与英国主流社会融合，共同促进和平。部分人假借宗教之名行凶，令伊斯兰教蒙羞，伊斯兰领袖积极地公开谴责，划清界限。

普遍来说，很多穆斯林在英国已落地生根，当地人通常有足够的鉴别水平把激进恐怖分子与正常穆斯林分开，不会混为一谈。幸而在最近欧洲的恐袭浪潮之中，伦敦这个头号目标仍未受到大型袭击。此时此刻，穆斯林与其他宗教社群以各种形式一同表态，团结反抗恐怖主义，遏制本土滋长的极端分子，对推进社会和平和重建族群互信有重大意义。

（二〇一六年四月九日）

我第一次在英国被如此歧视

最近我参与了英国政府面向大学一年级学生的实习计划，被分配到能源与气候变化部作为期一星期的观摩学习，一同实习的还有另一位女生Khadiyo，她于英国曼彻斯特土生土长，父母是来自非洲索马里的黑人。

今天实习结束，我们准备前往国会大楼参加下午的导赏团。步行途中下起大雨，我便拿出雨伞与Khadiyo一同挡雨。虽然可能有点不自然的感觉，因为这是我第一次和黑人交谈这么久，还并肩同行，但我真心当她是朋友，所以也没什么问题。正当我们谈得入神，突然有个闲坐在街上的中东男子弹起身，走到我们面前，瞪大双眼不停摇头。他摇了五六秒，似乎极为不满我们两个站在一起同撑一把伞。

我当下还未意识到要给出什么反应，因为这是我第一次在英国遇到这种歧视。那时我正在向Khadiyo说话，看见这个男子衣衫褴褛像个流浪汉，便没有理会他。虽然他全程不发一语，但我随后意识到这是何其恶心的歧视。

在游览国会途中，我完全无法专心听导游解说，脑海中不断回想我们在路上的对话。刚才我们谈及各种社会话题，包括中国大陆（内地）人与港澳台人互相的印象。她向我介绍曼彻斯特时，主动提及当地有个关于奴隶制的博物馆，并不满人们只记得美国有奴隶制、美国如何坏，却忘了英国亦有参与操控这个贸易。我这时问她对于最近人们要求牛津大学拆除南非殖民贩奴者雕像的意见，并指出道德标准随着时代不断进步，以今日标准定断历史未必准确。她却坚持有些事情本质上就是错的，例如奴隶制，无论放在任何年代都不应被歌颂、立像。

其后，当Khadiyo听见这是我第一次在英国被当面歧视，她非常震惊，因为她在英国已被人无数次辱骂，如有次在歧视较严重的北部地区，巴士上有个老妇当众骂她"肮脏非洲猪"。可以想象，她一个生于白人社会的黑人女性，成长期间经历了多少不平等待遇，承受了多大的心理压力。以至于她跟其他黑人朋友一起时，无论聊什么都会不经意扯到歧视。我之前跟她和其他黑人女生朋友吃午餐，她们谈论大学时就聊到白人舍友的种族主义。此刻我终于明白，以前用局外人的角度看种族歧视，是多么容易自以为是。

在种族混杂的伦敦，我一个人走在街上没问题，Khadiyo一个人走在街上也没问题，但为何我们站在一起就会受到如此恶意的对待？每当想到这件事，我就十分难过，也开始反思自己潜意识里根深蒂固的观念。你问我跟黑人女生同撑一把伞时有没有感到别扭？是有的，我知道这种心情从何而来，很大部分是来自路人的目光。

毕竟我们生活的这个社会里，弥漫着一种普遍意识，一些媒体让我们以为黑人只能是毒贩、流氓。这些社会经验影响我们如何建立自我形象、评价别人，以及想象别人对我们自身和他人的判断。虽然以我一人之力难以动摇别人，可是我已察觉到刻板印象的谬误。我决定要由自己开始，去影响和改变他人的观念。

　　　　　　　　　　　　　　　　　　（二○一六年五月七日）

帕丁顿熊与移民问题

在英国，有只来自秘鲁、操流利英语、头戴旧帽、手提皮箱、身穿绒褛、脚踏水鞋的小棕熊，深受当地人喜爱。近日笔者在伦敦市区散步时，更发现遍地熊踪，由海德公园到大英博物馆，可能一转个街角便发现它出现在眼前！原来，这是正在上映的电影 *Paddington Bear* 中的主角帕丁顿熊。

这些不同设计的小熊雕像是为电影上映而放置的，由于雕像体积细小，又并非摆放于当眼位置，使"寻熊游戏"的难度提高不少。虽然搜寻需时较久，但成功觅得熊踪的满足感，让人忍不住想继续搜寻下一只小熊的踪影，直至集齐全套五十只为止。

《帕丁顿熊》这部电影讲述英国探险家曾到访熊的家乡秘鲁，并结识了一对熊夫妇。自此，它们认定伦敦是个友善和欢迎客人的地方。帕丁顿熊由这对熊夫妇养大，有年家乡发生地震，熊太太安排小熊远走伦敦，希望寻找能够收留它的人。到达伦敦市中心后，小熊发现这座城市的人跟它想象的甚有出入。直至在车站遇到布朗一家，它的命运便从此改变了。布朗先生为了保护家人，反对把小熊带回家中；但充满爱心的布朗太太担心小熊的安全，不停游说先生施以援手。

笔者看过一篇论文，有学者将这只偷渡到伦敦的秘鲁小熊与二十世纪五十年代英国的移民潮联系起来。帕丁顿熊被视为热衷于融入当地文化的外来者，因为它喜爱学习英语和英国生活习惯。它怀着一颗善良的心，处处表现礼貌，努力遵守人的规矩。故此，虽然它在外表上与人类不同，但它是一个正面的、没有威胁性的外来者。

"在伦敦，每个人都不一样，但大家都可以找到归属感。"帕丁顿熊这句话，或许可以对当今棘手的移民问题有所启发。这部电影充满各种与今日移民争议相关的故事，例如国界该不该开放，开放到哪个程度，等等。英国人近年对移民态度渐趋负面，部分原因是于经济发展压力下，不少人开始不满政府给予移民的福利。为此，政客不断向政府施压，要求限制移民人数和条件。《帕丁顿熊》这部电影，颇有宣传与外来人士和平共处的意味。伦敦是一个名副其实的国际大都会，移民来自全球各地，大家都尽力融入社会，同时强调"和而不同"。

（二〇一五年一月九日）

大英博物馆的背后

刚过去的圣诞节有多部电影上映，除了上文提及的《帕丁顿熊》，还有另一部也是以伦敦为背景的，就是《博物馆奇妙夜3》。这部电影由美国剧组移师到大英博物馆取景，虽然笔者的学校就位于此馆附近，但只和朋友到访过一次，之后定要再度仔细欣赏。其实，伦敦还有众多极具价值的博物馆、画廊、图书馆等待发掘，只要细心寻宝，就会发现在这个充满可塑性的城市，一条旧街小巷、一件陈年古物也可引发无限幻想与构思。

《博物馆奇妙夜3》的故事就是在这样一堆历史沉淀中诞生的，然而，伴随这些稀世珍宝的，是一连串指控该馆盗窃他国文物的争端，永无休止。犹记得去年暑假游土耳其时，导游多次提及大英博物馆，并戏称它是"大拎博物馆"。土耳其以弗所古城如今之所以空空如也，正是因为大部分艺术品都已被大英博物馆"拎走"。帝国在扩张过程中，馆藏不断丰富，"强盗窟"之名不胫而走。

最近一次的"强盗行为"是在去年十二月，大英博物馆借给俄罗斯冬宫镇馆之宝——额尔金大理石雕。这些雕像来自希腊雅典的巴特农神殿，由当时的英国额尔金爵士在奥斯曼帝国同意下切割运走。希腊独立后一直在争取物归原主，他们视这次外借文物的举动为充满敌意的表现。其实他们在之前新建的博物馆中，已留出位置给流失海外的文物。

游走于大英博物馆的各个展厅中，当踏入中国馆，感觉展品涵盖各个朝代，美不胜收。坐在巨大的敦煌壁画前，我想起余秋雨《文化苦旅》中贱卖敦煌古卷的王道士，想起"文化大革命""破四旧"，想起近年中国大兴土木而破坏掉的古迹。近几十年来，联合国教科文组织积极推动失窃文物归还原属国，如德国、瑞士、美国等也有参与其中。相信当时机成熟，国家间的合作更紧密时，出现更多物归原主的案例也并非不可能。这些文物之所以诞生，是一段历史；它们为何散失海外，也是一段历史。

随着见识增长，相信将来在判断时会有更多方面的考虑。

（二〇一五年一月二十三日）

巴黎恐怖袭击余波未了

巴黎《查理周刊》恐怖袭击事件发生数日后的星期日傍晚，笔者从英国广播公司网上新闻中得知伦敦也有大规模的悼念集会，人们谴责极端分子，维护新闻自由。可惜我赶到特拉法尔加广场时，人群已散去了，还有一些人围着笔和蜡烛在悼念，有人站立良久，神色凝重；有人则拿出笔放在蜡烛圈内表达心意。这晚，国家美术馆外墙投映着的法国国旗，在寒风细雨的映衬下显得尤为凄美。

过了几天，书店杂志架上的《经济学人》以一幅漫画为封面，那是一只紧紧握着笔的手，鲜血从手心流淌，背后一片漆黑。书里有篇文章讲述这次恐怖袭击唤起的两个问题，第一是言论自由应否有所限制，第二是应否把这次事件看作西方民主与伊斯兰教的文明之战。西方的主流意见，对这两个问题都会回应明确的"不"。他们认为：即使言论鲁莽、低俗，但除非会直接激起暴力，否则都不应被禁绝。《查理周刊》向来讽刺所有宗教，不只是伊斯兰教；相反，穆斯林也有权指责西方的道德和价值，但唇枪舌剑绝不应引来真枪实弹。

笔者认为教宗方济各的意见颇有启发性。虽然教宗谴责暴力，也表态支持言论自由，但他也提到言论自由必须有所限制。

当然，只要是合法的，媒体仍可发布任何东西，但他们要衡量对公众的影响，而这很大程度上取决于媒体人员的职业操守。

从法国的面纱禁令、德国的反伊斯兰游行，还有英国鼓吹排外而吸纳选票的政客，都反映欧洲仿佛暗涌不断。恐怖袭击事件后的英国民调显示，有六成受访英国人对伊斯兰教有负面看法，对基督教有负面看法的则只有三成。但即使如此，大部分人都会给予尊重，不会公开批评宗教。普遍来说，很多穆斯林在欧洲已落地生根，当地人也有足够的鉴别能力把激进恐怖分子与正常穆斯林分开，不会混为一谈。

（二〇一五年二月六日）

八百年宪政路

今年是英国《大宪章》（*Magna Carta*）颁布八百周年，这份文件是英国民主宪政的基础，大英图书馆更为此举行了名为"大宪章：法律、自由、遗产"的专题展览。笔者现时在伦敦留学，在宿舍看到这展览的刊物后便慕名参观。

《大宪章》缘于八百年前的一二一五年，当时英格兰国王约翰因想夺回在法国的领土，于是向贵族征税扩军。一众男爵非常不满，在伦敦胁持国王，其后达成和平协议，即最初的《大宪章》。该文件要求王室放弃部分权力，保护教会不受国王控制，尊重法律和司法，令王权不得凌驾于法律之上。《大宪章》的诞生，是英国建立宪政漫长历史的开始，这一国家自此真正实践"天子犯法，与庶民同罪"的准则。

虽然《大宪章》几经废除、修改，但这份文件不断演化并成为自由的象征，在重大政治关头，总是被高高举起。以《大宪章》为起点，英国的王权逐渐被削弱，民权渐渐抬头，到了十七世纪的"光荣革命"后，英国正式确立君主立宪制，以议会为国家的最高立法机构。其司法体系、民主及自由至今仍在发展。

《大宪章》被誉为继英文之后，英国对世界的又一大贡献。华盛顿及杰弗逊等人早在美国独立革命之前，就向往《大宪章》提倡的自由精神。在展览上，笔者更看到杰弗逊一七七六年的《独立宣言》真迹。有人说，其实《大宪章》的条款早已过时，大部分都被新的法律所取代，只是后人不断按自己的意愿诠释、演化，把它化为传奇。然而，笔者认为它的条款在政治上或许已经不再重要，其精神内涵却永不过时，每当人们感到个人权利受到政权威胁时，总会举出这份文件伸张正义。

正如展览结语所言，《大宪章》并非一般意义上的法律文件，它已经成为一个神话，一种理念。《大宪章》培育了议会民主，维护了个人财产，实现了法律面前人人平等，并确保了言论自由。其精华之处就在于法律凌驾于政府之上，仿如一条生生不息的河川，流过英国的历史、文化、制度。

（二〇一五年十一月五日）

我看伦敦唐人街新牌楼

伦敦唐人街是留学生的好去处，这里云集大江南北各大菜系，海外学子可一解乡愁。唐人街屹立在市中心，就如一个小小的生活社区，三个主要街口分别树立着牌楼，好似标志着中国人的"势力范围"。穿过牌楼进入唐人街，连街道都有中文名字。经过十年筹划，这里最近增建了一个宏伟的新牌楼，笔者借此想分享一点观察心得。

三十年前兴建的三个旧牌楼，都有"伦敦华埠"的横批，最令我印象深刻的是其中一副优美的对联："伦肆遥临英帝苑，敦谊克绍汉天威。"可是，它们只由瘦削的金属支柱搭建，且形象西化，略显简朴。我认为唐人街牌楼确有更新的必要，而新计划不去旧迎新，而选择另址兴建，新旧并存，更是合适的举动。新牌楼的竣工与国家主席习近平访英开展国事访问同期。新牌楼前后两面的横批分别是"中国太平""英伦呈祥"。

然而，就在一众英国中文媒体都欢庆酝酿十年的新牌楼终于落成之际，笔者却想指出一点观察：牌楼的所有牌匾上下左右不分，格式全部错误，横批由左到右书写，上下对联次序颠倒，违反中文传统。也许负责方认为没用简体字已算很传统，可是笔者的内地同学看见照片，也感叹道："楹联书法是一种体系，要尊重传统，不能颠三倒四混着来。"虽然现今的中文左起横排成为大趋势，却不代表要更改传统楹联格式以令人们看得"顺眼"。

或许笔者有点小题大做，但当我们迫不及待告诉世人中国现时有多强大时，有没有同时坚持传统文化中的细节？现在很多人都不在意这些了，也不愿意花精力去了解。得过且过的态度，反映胡适笔下的"差不多先生"性格仍在。

（二〇一五年十二月十日）

巴拿马文件泄密震动英国政坛

早前的巴拿马文件泄密丑闻震动全球，当时的英国首相卡梅伦承认跟其父涉嫌避税的离岸信托基金有关，夫妇曾持有和沽出该基金股份获利，不过强调依足法例交税。有人抨击首相连日闪烁其词，未及早开诚布公，要求他彻底解释并请辞问责。四月初的一个早上，笔者步行往图书馆温习时，突见一群示威者高举标语，要求卡梅伦根治逃税漏洞，或引咎辞职。

示威者满身热带装扮，脖子戴上彩色花环，手拿充气棕榈树，象征巴拿马这个加勒比海上的避税天堂。最引人注目的是"撒溪钱"（抛撒纸钱），讽刺政要的贪婪。这些在香港示威中常见的道具，竟然出现在伦敦街头。

此时我身处宿舍旁的特鲁利街，电视台记者正作报道，说该处一间酒店在举行卡梅伦所属的保守党的春季论坛，所以门外警备森严。我问了两个示威者，他们都表示是昨晚才在Twitter上得知此集会，今天就挺身参与，可见事情进展瞬息万变。游行口号包括："We will we will sack you!"（我们要炒你鱿鱼！）、"Get back to Eton!"（滚回伊顿！）（注：伊顿公学是贵族学校，校友掌控英国政局。）另外，头上不断有直升机盘旋，应该是官方为了防止恐怖袭击和估计人数而安排的。

示威者经过特拉法尔加广场，有食品店甚至免费提供小杯饮品让他们解渴。其后到达唐宁街门外的白厅大道聚集，有个女警抱怨道："我今早在伦敦市郊值勤，可是有集会消息后便被调了过来，不能帮助那边的人了！"我问她集会是否要得到警方批准，她答道："不用，他们随时随地可以集会。""那警方什么时候会驱散他们呢？""直到他们累为止！"

这时我提到英国已立了"禁蒙面法"，禁止人们在示威中蒙面做出暴力行为，而我刚才见有人蒙面，并手持释放着彩色烟雾的瓶子，甚为刺鼻。女警说道："虽然英国有此法律，但大多数情况下都不会执行，如果蒙面示威者有暴力行为，警员会喝令他们脱下面罩。"

此外，我还跟在街头卖党报的"社会主义工人党"员工交谈，在参与观看每次示威，包括气候问题、巴以冲突、反对英国轰炸叙利亚等时，我都看见他们摆档的身影。有位女士来自英格兰东部埃塞克斯郡，在该地市议会负责房屋政策，今早听到有游行后便赶过来。她说在英国民众眼中，贫富悬殊、房屋、教育、医疗等社会问题亟待解决，如今首相被揭发避税获利，个人诚信受质疑，自然激发社会躁动。

事后，媒体说此次游行达五千人。笔者担心临近今年六月二十三日的英国脱离欧盟公投，这次巴拿马文件泄密事件会令民心转向，对政府高层失去信心。且政府内部和保守党员之间，对影响重大的脱欧问题其实也内讧不休，为英国政治前景再添变量。

（二〇一六年三月二十八日）

铜像与后殖民时代的历史认同

殖民时代结束后，众多前殖民地的独立国家致力构建国民的身份认同、重新诠释历史记忆，它们各以不同态度对待前宗主国遗留的铜像和纪念物。这些历史痕迹是耻辱标记，还是文物珍宝？

在英国前殖民地南非，由去年三月起，当地大学生率先发起"打倒罗德斯"（Rhodes Must Fall）的反殖民运动，要求移除校内的殖民主义者塞西尔·罗德斯的雕像。示威浪潮蔓延到英国学界，牛津大学部分学生也响应运动，认为罗德斯在牛津校园的雕像理应拆除。罗德斯是十九世纪英裔南非矿业大亨和政治家，深信英国人的种族优越性，极力推动种族隔离和剥削钻石矿工，备受后世抨击。

笔者日前听了一位南非大学教授的讲座，他认为推倒罗德斯等殖民者的雕像，目的在于推翻他们背后的殖民剥削和种族主义。教授主张南非的大学成为思想抗争的地方，大学生促进南非在种族隔离结束后实行"去殖民化"，改变一直由欧美掌控的"文化帝国主义"，令本地大学成为真正属于非洲人的知识殿堂，而不是白人在非洲的地盘。

那英国人对他们往日的帝国又怎么想呢？民调指出四成四的英国人对大英帝国感到自豪，约两成感到遗憾，其余的则没有感觉。另外，近六成民众更认为罗德斯铜像不应移除。英国人对自己国家有复杂情感，中产阶级、中年人通常认为人们太负面地看待自己的历史，太着眼于殖民统治的残忍和歧视，而忽略其好处。相反，当地年轻人则不满社会美化了本国以前对外扩张的不公义。

有一个普遍的说法：雕像反映历史，拆除雕像即抹杀历史。

然而，有些雕像的确因时代需要而被迁移，有的甚至遭群众拉倒。澳门的亚马喇铜像、美士基打铜像就是例子。那么，有什么方法既能保存历史，而又不宣扬不合时宜的理念呢？我在匈牙利首都布达佩斯旅游时，听闻城郊有个"共产主义雕塑公园"，专门收集当地共产主义政权于一九八九年崩溃后所拆除的雕塑。他们以此方法把历史定格，不提供特定解读方向，不受往后政局影响。我十分赞成这一举动，因为政治意识不断变化，谁知道到了二一一六年，人们还会否认同二〇一六年的东西？值得一提的是，负责人不想建构一个以反共产政治宣传为理念的公园，去摆设这种政治宣传物品，因为灌注某种特定思想的行为，正是昔日政权的做法。

这时，伦敦某大学又出现了拆除维多利亚女王铜像的声音，缘于印度同学不满维多利亚曾是印度女皇。据说英国统治印度时只顾经济利益，如强征高税、囤积粮食，加剧多次饥荒。他们或许是想以这种手段令自己的声音得到更多关注，觉得今日的标准比过往进步，但有形的遗物必定要跟随思想的改变吗？也可以让人知道实物背后有更多解读诠释的方法。

这种抗争不应只被视为笑话，因只有如此才能迫使人们正视历史，越辩越明，在重新审视的过程中更清楚自己的身份。总好过强推官方说法，对所有历史只有单一评价。不过，真正拆除就不必了；若果要贯彻今日的标准，往日的东西还有多少可以留下来？

（二〇一六年四月二十九日）

留学生谈英国脱欧

近日英国脱欧闹得热烘烘，很多人忽然时事评论家上身，竞相发文章表态"指点江山"；有人又看不过眼，觉得澳门人事不关己。但我却不认为必须把自己的所思所想全放在脸书，才叫有"世界观"。笔者目前正于危地马拉旅游，一时间很难消化如火山般爆发的信息，只由英国留学生角度出发，分享我在英国期间的见闻和感受。

还记得三月复活节假期时，我在英国政府的能源与气候变化部实习一星期，当时我曾问职员关于脱欧的问题，那时大家都很"淡定"，相信英国人始终喜欢保持现状。整个能源部风平浪静，在制定政策时也较少考虑这个潜在的不稳定因素。

一位公务员告诉我，能源部对脱欧的可能性反应冷淡有三个原因。第一，这不是执政的保守党政府的立场。第二，即使选民最后选择脱欧，也是几年后才实现的事，在这阶段不需作准备。第三，过早准备可能浪费时间与资源。她举例说，英国在上世纪八十年代曾考虑过是否采用欧元，当时成立了专责小组，花费大量成本去研究，最后却仍沿用英镑，即白费了大量工夫。还有二〇〇〇年的"千年虫"计算机系统恐慌，最后也发现原来能平稳度过。

不过，英国很多政府部门都有跟欧盟合作。如在我实习的能源部，有参与欧盟的新能源发展资金拨款；如果英国脱欧，便再无资格得到欧盟资金了。然而，政府人员再三强调，即使最终选民真的选择了脱离欧盟，也不是世界末日，英国的公仆仍有能力应对。

若就我自身而言，英国脱离欧盟在目前来说是坏事，但因现时双方还有一大段路才"倾掂数"（达成一致意见），说英国自此"死硬"（必死）还言之尚早。我本来打算在大学毕业后，未必立即回澳，因手持葡萄牙护照可让我留在英国工作，多一个选择，而现在就未必能成事了。可是，这是英国人民的决定，相信后续的余震更值得讨论和深思。

（二〇一六年六月二十六日）

国际关系科于脱欧公投后更获重视

英国公投决定脱欧后余波仍未了，各种后续分析文章每日竞相出场，吸引注意。而其中有一件事是跟学生们较有关系的，便是部分英国人经此公投后，认为年轻人对英国与欧盟关系的复杂性认识不足，对国际局势也不甚了解。他们开始以各种途径要求教育部和学校在课堂增设国际关系课。例如笔者早前浏览英国国会的网上请愿网站时，发现一个名为"在普通中等教育中增设必修政治和国际关系科"的请愿，支持人数已逾三万人。笔者正在英国留学，就读国际关系，觉得此话题颇值得探讨，中国社会也可借鉴其经验。

不少英国年轻人对政治事务不感兴趣，或不知道如何看清当中脉络，导致投票意愿低迷，投票率明显不及富人和长者。如今年六月的脱欧公投，在十八至二十四岁群组中，仅三成六的人群有投票，是五十年来的新低；相反，六十五岁以上群组的投票率则逾八成。当年轻人越来越不愿发出自己的声音，被政治边缘化时，政客们就会更想得到长者和富人等较具社会影响力的阶层关注，由此形成恶性循环。

该请愿表示，在中学课程中增设政治和国际关系科，有助英国年轻人批判分析政治术语和媒体偏见，从而在投票时可作出深思熟虑的抉择。而英国国会规定，当网上联署人数达一万人时，政府便会在网上响应；联署人数达到十万人时，该请愿更会呈上国会供议员辩论。由于上述请愿有逾三万人支持，故得到英国教育部响应。

英国教育部表示不会因此改变现有教学框架，坚持目前学校课程和校园生活已有足够机会让年轻人投入社会议题和建立政治思维。如由二〇〇二年开始，公民教育课成为公立学校的必修科目，课程包括了解三权分立的运作、英国四个构成国的政治模式、政权与公民的关系、公民权利与义务等。而且，中学历史教材已得到修订，更强调英国民主发展的历史。

我曾就此话题跟在澳门的中学地理老师讨论。她对我说，即使不在中学设专门的政治或国际关系科，也应从小学开始在国文、英文、常识等课堂上抽时间讨论时事。具体方法可从报章或电视议题入手，如她在课堂上播纪实旅游节目《世界零距离》，将之联系到课文章节，帮助学生了解时事和地理知识；有次播放委内瑞拉的纪录片时，她就跟学生讨论过度依赖石油经济的社会后果。

不过，这位地理老师强调前提是不可设教科书，因为限制太大，会把广阔的议题变得死板狭窄。且不同教师各有专长，若可由他们自选教材，深入讨论会更好，但这样一来又会加重备课压力。总之，现代教育已不再以默写背诵为最高标准，我们应思考如何在目前已十分繁重的课程框架之下，培养更全面和扎实的国际观。

（二〇一六年十一月十一日）

我看大伦敦主义

"除了伦敦都是村。"这是一些英国留学生常说的话。"大英国主义"于英国国力衰退后，在世界舞台上也许已经褪色；然而"大伦敦主义"仍主宰着全英国政治、经济与社会文化，且呈有增无减之势。伦敦是全英国资源最集中的巨无霸城市，所有核心决策均于此制定，英国金融、商业、文艺等也在此发展，因此吸引更多人才和投资流入，逐渐形成一种循环，令其他城市越来越难与之匹敌。

生活在伦敦第一区市中心的人，所有事情都能在半小时内办妥，而且很多商店都开至晚上，那种方便的感觉甚至跟在澳门没太大分别。而且，这里是全英国交通枢纽，想去国内任何其他城市，甚至乘坐廉价航空飞往欧陆度假，都可随时上网购票出发。因此，我认为有些住在伦敦的人有时活在自己的泡泡中，没有注意到其实首都以外的英国有着截然不同的风貌。

在很多其他地区民众眼中，政客不愿理解其要求，即使近年声称要发展北部，也多是在泰晤士河畔的办公室内纸上谈兵。如媒体曾发现负责英国北部振兴政策的公务员，百分之九十七都在首都工作，这令学者质疑伦敦没有贯彻权力下放的承诺。这亦可解释为何在六月脱欧公投中，只有伦敦是英格兰内唯一过半数支持留欧的投票选区。国内资源分配悬殊，令民众冀借选票向政府施压，重掌话语权。

这个周末，我由伦敦坐三小时火车，前往威尔士首府卡迪夫探望朋友。火车一驶入威尔士第一个站，便透露出明显的文化差异——所有路牌都标有威英两语，且很多房屋都挂有象征此地的红龙旗。我至此才亲身体会到，原来离开了英格兰，在威尔士，很多人都对"英国人"这一身份没多大归属感，伦敦更未必是他们理想的安身之所。我问朋友喜欢卡迪夫还是伦敦，他毫不犹疑地回答："在卡迪夫，我真正感受到自己属于这地方，小城市更有人情味；而在伦敦，路上行人匆匆来往，每个人都只是大都会的过客。"

（二〇一六年十一月二十五日）

乡郊小屋里的一场学术会议

某个冬日周末，笔者跟几个本科生去旁听了为期三天、由伦敦政治经济学院国际关系学系举办的坎伯兰小屋会议（Cumberland Lodge Conference），除了我们几个，参与研讨的全是研究生和教授，主题是"民粹主义"（Populism）。虽然看议程头几行的简介有"二十一世纪""全球"这些字眼，但最后也逃不掉不停地谈及特朗普上任和英国脱欧，很明显这次会议题目也是因为去年这两件大事（和欧洲一些所谓民粹浪潮）而启发的。

可是，我不同意把所有这些被人视作反常或逆流的事件都归类为"民粹"。如果想说反精英主义、民族主义或种族主义，都可以直接准确地描述，不一定要归咎到民粹主义，因为它含义太广泛；而且只集中说民粹主义的"潜在威胁"已经假定了它的负面倾向，但它亦可以是建设性的力量，如二战结束后在世界各殖民地兴起的"解殖运动"（民族解放运动）或民族自决等。

还有最后一个讲座说的是"全球治理"（Global Governance），竟然大部分时间都在说欧盟，只在最后的答问环节讲一些中国崛起对世界秩序的影响。现在冲突最多的中东地带呢？非洲呢？在会议中少有提及，仿佛它们只是"全球治理"的接受者。有几位同学提到土耳其、菲律宾、印度也有所谓的民粹浪潮呢，为什么教授们都没多谈？可能因为这次出席的多是欧洲、美国专家。这其实就反映了很多同学指出的这所大学的国际关系学系较倾向西方中心的问题，不过教授也承认这一点，并说以后会多加入发展中国家的专家。

换一个环境，在温莎城堡附近的庄园小屋里讨论几天，可以跟在学校讨论有截然不同的过程和结果。有些教授直言对其他前辈的不满，引起惊讶或哄堂大笑；亦有教授说一些平时在课堂上会被视为较偏激的个人意见或政见，然后笑说："不要告诉学校的人！"这些有趣的事情，为这个国际关系学系增添了些许人情味。

（二〇一八年一月五日）

相遇国会绿椅子

　　笔者不时观看英国电视BBC的"国会台"，欣赏现场直播的国会辩论，有时议员们唇枪舌剑，颇有趣味。我一直都想亲临英国的权力中心，由二月到四月，国会就举办了一个名为"由请愿到首相：女性在国会的历史"的导赏团，旨在让观众透过参观国会，聆听女权分子争取政治权利的来龙去脉。在我参加的导赏团中，二十七人里连同我在内只有六名男性，导赏员笑说："难道只有女人才关心这段历史吗？"

　　简单来说，英国国会的首领为英国君主，分为上议院和下议院。上议院多是委任议员，而下议院则由民主选举产生；上议院以红色为主调，而下议院则是绿色。电视播出的多是下议院的会议，而它也是国会中最具影响力的机构，所以绿色椅子是最常见的国会象征物。

　　导赏员是一位斯文的婆婆。她把女性参与英国政治的历史娓娓道来，由一八三〇年代开始说起，那时国会在大火后开始重建，维多利亚女王也于此时登基。新国会、新女王，令一直提交请愿要求女性投票权的人以为有了转机，但维多利亚女王对此嗤之以鼻，还说"她们应受到好好的鞭打"。

　　往后数十年，妇女一直以收集签名、提交请愿书等方式恳求国会聆听，但即使国会几次修法放宽不同阶层的男性成为选民，却完全无视女性的存在。妇女投票权的议题在英国提了约八十年，仍没有任何实质进展，令女权人士觉得只是交交意见、举举标语是无法成事的，便展开一连串暴力行动，迫使当权者与之对谈，并吸引大众注意。部分女权分子炸邮筒、砸破玻璃橱窗，暴力方式令有同样要求但主张和平争取的妇女与之划清界限，温和派自称"Suffragist"，而暴力派则叫"Suffragette"。

这时导赏员指着下议院阁楼一列狭窄的玻璃窗，原来以前的女人就坐在那里听政，有资格入场的多是议员妻子。可是，有次女权分子偷偷进入，把自己锁在阁楼的栏杆上，守卫被迫要把整个栏杆锯断。还有一次在人口普查的晚上，女权分子呼吁女子不要归家参与统计，高呼："反正女人不重要，那就不要计女人吧！"有位名叫埃米莉·戴维森的女子更潜入国会地下室躲藏起来，以此把自己的地址登记为"国会大楼"，以示男女应有同等权利。现时该处立了一块牌匾以纪念此事。两年后，这位女子在赛马日冲出跑道，与国王的马迎头相撞而死，引起轰动，加上一战后妇女地位有所提高，在一九一八年，英国三十岁以上的妇女终于可参与投票，还可成为议员。

今天，当我们身处下议院的一列列绿椅子之中，导赏员婆婆感叹道："这张绿椅子，英国女人不知争取了多久，才有资格坐上。英国首位女首相撒切尔夫人，更是由此一步步登上首相之位。你们年轻人永远不要放弃希望，因为坚持争取总会带来改变。"

（二〇一六年三月十八日）

格林威治海军气派

周日下午，从伦敦市中心乘坐地铁出发，四十分钟便到达格林威治站。这个古镇一直以其海军历史和格林威治标准时间而闻名于世，皇家天文台、海军学院、海事博物馆和市集散布在不同角落，还有倚山丘而建的大公园。

格林威治天文台于三百四十年前建成，其后在英国国力鼎盛的"日不落帝国"时期，因远洋航行需要测量定位，故召开国际会议将通过此处的经线作为零度经线，即本初子午线。值得一提的是，这条线的东西两边分别是东经和西经，于一百八十度相遇。而东西半球分界线是"西经二十度、东经一百六十度"，此线经过之处多为海洋，避免将一国分在两个半球上。不过，兴奋的游人当然以为自己双脚"横跨东西半球"，激动地在线的两边跳来跳去。

格林威治市集在玻璃帷幕覆盖下增添几许暖意，百余个摊位聚集于此，游人就如好奇的小朋友，快乐地穿梭在摊位之间。除了巴西、日本、意大利等各式熟食外，市集还有许多手工制品，例如彩绘玻璃杯、造型蜡烛、首饰等。笔者买了四只精致的二手咖啡匙，刻有英国不同地区的纹章。老板娘说这些古董餐具大多是家族流传，摊位租金又不贵，所以每个周末都跟邻居在这里"过日辰"（打发时间）。

步出市集，一艘宏伟的大帆船乍现眼前。要退后好几十步，才能把整艘船收览到镜头里。原来，这是十九世纪的卡蒂萨克号，是当年穿梭中英运输茶叶的快速帆船。那时海上贸易竞争激烈，卡蒂萨克号凭着无人能及的速度，在商战中领先。

沿着泰晤士河滨漫步，附近有码头港口和海军学院，占地广阔，见证了英国昔日的海上霸权。人们还可登上草坡俯瞰整个伦敦，此处原是大片山林草地，是英国皇室养鹿和打猎的御苑。想来窥探英国海洋历史的游人，绝不能错过这个充满海军气派的地方。

（二〇一六年五月四日）

伦敦和风·肯辛顿京都庭园

人们常说，伦敦像个万花筒，转个角度就有不一样的色彩。我说，伦敦的确有很多花园，且每个花园都各具特色。四月第一天的下午，随意上网搜寻"特别的花园"，发现伦敦西部肯辛顿区的荷兰公园，里面有个京都庭园，园林景观充满东方味道，故动身前往一探究竟。

由牛津街乘坐半小时的巴士，便可到达高档住宅区肯辛顿。荷兰公园坐落于此区，已有四百年历史，六十多年前对公众开放，原地主是荷兰伯爵，公园因此而得名。此处曾是贵族园林，在喷水池旁的红砖拱廊墙上，有细致的壁画描绘宴会场景。安坐品茶的绅士、笑靥如花的淑女，透过画家生动的笔触一一重现眼前。此外，公园拥有茂密的林地和幽静的步道，是居民遛狗的好去处。大小狗儿互相认识、玩耍、交朋友，非常可爱。这里的生态也十分丰富，孔雀、松鼠、水禽无拘无束地四处漫游，都得到游人友善对待。

在荷兰公园的绿茵深处，掩藏着一个日式京都庭园。它建于一九九二年，以纪念英国日本协会成立一百周年和英日两国的友谊。这里除了绿树环抱，更有粉樱、翠竹、苍松作点缀，东洋植物汇集于此，色彩如织锦般绚丽。日式园林少不得雅致水景，此园特地开辟了人工湖和小瀑布，湖内养着肥美的大锦鲤，在水中游弋时反射斜阳的闪亮光影。湖畔瀑布倾泻着流水，打在石头上发出清澈声音，游人可通过几块水上石阶到达对岸，或蹲在河边赏鱼。唯一美中不足的是，庭园缺少一座日式亭子，但当然这里已有足够韵味了。

在京都庭园旁边，新设了一个小小的福岛纪念花园。这是二〇一一年福岛地震后，日本为感谢英国的支持而兴建的，过程中得到日本园艺师指导，据说还种植了日本福岛县花八重白山石楠花。其实，笔者早前亦在伦敦其他花园见过日式元素，如皇家植物园邱园的"敕使门"，是以京都寺庙为蓝本的，屹立至今已逾百年，可见英日之间深厚的文化交流。

离开公园回到肯辛顿区的街道，两旁都是两三层高的豪华独立房屋，每间屋的门外都停有名牌私家车，沿路走过简直像在参观车展。另外，这区还有条博物馆街，自然历史博物馆、维多利亚与艾尔伯特艺术博物馆、科学博物馆云集于此。

转了夏令时间后，日照特别悠长，如果想在伦敦市中心找个幽静角落舒缓身心，不妨珍惜难得的美好天气，走进这个洋溢和风的京都庭园。

（二〇一六年五月十四日）

泰晤士河畔的大象与城堡

大象与城堡（Elephant and Castle，又译为"象堡"），一个颇具创意的词组，是伦敦南部泰晤士河畔的一处地名。这个地名源自中世纪习俗，英国人常将大象跟城堡联系起来，在教堂木雕和动物寓言等中都常出现。这里对岸便是华丽热闹的政治中心西敏寺，以一条大河将中下阶层的人往南方冲刷到此地。星期六下午，我和朋友柏濠趁着难得较有空闲的周末，翻着《伦敦市集指南》，前往这个陌生的小区。

象堡发迹甚早，一百三十年前已有地铁网在此分布，成为交通与商业枢纽，故在二战德军轰炸伦敦期间是主要目标。在象堡地铁站外，有个"粉红大象购物中心"，门外有个地标性的巨型雕塑——一头充满异国风情的粉红色大象，背着城堡塔楼，俯瞰着整个街区。这座原定于六年前拆卸的两层建筑，实为上世纪六十年代欧洲首个室内购物中心，可见昔日的繁荣。但如今人们对此地的评价，只剩下破烂、危险、贫穷，稍有收入的白人都避开这区，留下来自拉丁美洲、非洲的移民家庭迁入市建房屋。另外，出身寒微的喜剧大师查理·卓别林也曾在附近一所习艺所长大。

伦敦市集在我们脑海中的样子，应是特色美食、二手书摊、陈年杯碟瓷器云集的地方，走累了还可随意找间咖啡店靠窗而坐。可是，我和柏濠走了段破烂的路到达"东路市集"，却发现与我们心中的"文青"模样大相径庭。在这里，仿佛回到澳门的义字街——那种暌违已久的街市气息，满目尽是一排排会呼吸的鲜艳蔬果，一堆堆不知是新是旧的衣服，一只只刚屠宰不久的鸡鸭。周围的街坊顾客总是络绎不绝，因为这个市集不是让游客来猎奇的，它原本就是居民的生活场所。

我们买了一两英镑的大盒蓝莓和草莓，继续前行，一月末的寒风依然阴冷。这一带有很多市建住房，主要是在二战后获得政府补助而大量建设的，格局单调统一，吸引了不少低收入的移民族群。这些房屋有部分现已拆除，腾出土地让大型建筑地盘进驻，开始市区重建计划，等待着重生。围墙上是未来市区的构想图，照例是计算机制作的清新景象、玻璃大楼和三五成群的路人。大概数年后，这里便会升级为中产阶层的小区，届时租金必定会急升吧。

正想坐地铁回市中心喝咖啡，途中不经意遇到一列奇特的小店，它们就像由一个个体积相同的货柜箱堆砌而成，我们被其中一间鸭肉汉堡店吸引了。肥美的鸭肉汉堡、鸭油炸薯条、鸭扒，以款式不一的古董餐具盛载，原来这些东西都是年轻的法国老板娘由家乡带来。柏濠聊起他和朋友曾谈过的咖啡店创业大梦，更"自私地"说希望这间小店不要让太多外人知晓，不然我们以后就少了一个隐秘的小天地了。

（二〇一七年一月二十日）

伦敦波罗市集·地道风味大爆发

谁说英国无美食？伦敦人可以吃得又饱又有滋味，或者讲究到每种食材，都要是农夫直送市场的新鲜货。每次有朋友来到伦敦，我都会推荐他们去位于泰晤士河南岸的波罗市集（Borough Market）。在这座钢铁玻璃结构的古典建筑里，既有热气腾腾的熟食档，亦有各式蔬果和芝士奶酪等英国农产品，价廉物美，不时还会看见当地人推车仔来买餸（买菜）！

但市集摊档之间通道又多又乱，加上人山人海令人迷失方向，若事前毫无概念，可能走了半天也只是围着几间铺头"氹氹转"（打转转）。以下为大家介绍四样必试美食，尽情享受英式味蕾冲击吧！

小岛生蚝鲜甜大满足

波罗市集的所有东西你都可以走马看花，但这间有三百多年历史的"Richard Haward's Oysters"生蚝档是一定不能错过的。此老字号在英国东南沿海小岛有自家蚝场，附近沼泽湿地为蚝只生长带来充沛养分，只只肥美，长做长有，现已经营至第八代。

每天现摘的生蚝以木箱装运至波罗市集，档外经常大排长龙，只为品尝一镑一只的中型岩蚝！人们就在档外围着高脚桌一边站着聊天，一边拿起蚝壳，蘸几滴柠檬汁、辣椒汁，把鲜甜蚝肉一啖吞掉。蚝肉美妙难以言喻，既有肉质的甘润油分，又夹杂海水的咸香余韵，仿佛带人神游英伦海岸风光，耳畔传来奔腾的浪涛声。

大啖烤熔香浓芝士

在熟食区走过几间热狗档，便到达大排长龙的芝士档"Kappacasein"，大家都耐心等候购买一种源自瑞士、名为

"Raclette"的美食，即烤熔芝士配薯仔粒和酸黄瓜。排队时观察其制作过程，简直像在欣赏一场表演。

首先是发热暖管对着放在铁架上的半圆形大芝士横截面不断加热，散发浓烈奶香，直至其表面熔化、沸腾、起泡。然后摊主把芝士拿出，用长刀把尚在流淌的乳液顺滑地一刀削走，直接淋在薯仔粒和酸黄瓜上。虽然这些都是平凡的材料，但淡咸的薯仔粒中和了芝士的厚重感，配以酸黄瓜的爽脆酸甜，味道层次丰富且平衡得宜。分量挺多，五镑一碟绝对值回票价，建议买一份跟几个朋友分享。

椰奶煎饼清新幼滑

这档椰奶煎饼的做法类似澳门常见的"鸡蛋仔"，但其火候控制适中，烤至外皮薄脆，略带金黄，而内馅则香浓幼滑，洒上一小撮黑芝麻，更是绝佳配搭。这些煎饼每块都是小小的扁圆形，十分容易入口，在嘴里咬破外皮时，甘甜的椰奶顿时在舌尖滚动。虽然这种椰奶煎饼应是源自东南亚，但我还是在伦敦才第一次见识到。

缤纷蔬果饮得食得

波罗市集汇聚全英国乃至欧洲大陆的农产品，而摊贩也很有心思地把蔬果陈列得有如艺术品般，极具美感。如把各种蘑菇配搭成小盆景般放在木盘上；或把不同颜色、奇形怪状的西红柿行行相间，有号称"全球最小"的西红柿，小得如珍珠奶茶里的珍珠，又有飞碟形的、南瓜形的，教人看得充满欢愉，购买欲大增。

　　游客可买一些小份装的水果，如草莓、蓝莓、提子等，大部分都比澳门便宜很多。此外，这里亦有鲜榨果汁档，不过记着要货比三家，因为有些分明是做游客生意的。品尝完地道美食后，不妨走到市集外的泰晤士河畔席地而坐，或沿河漫步，在微风吹拂下细味满足时光。

tips

旅行小锦囊

　　交通：乘坐地铁的黑色或灰色线到达伦敦桥站（London Bridge Station），下车后跟着路牌步行三分钟便到。

　　开放时间：周一至周四为朝十晚五，周五、周六是最热闹的日子，开至下午五六点，建议于这两天前往"趁墟"（赶集）。但周日休息，要谨记啊！

（二〇一七年六月二十四日）

周日晨香·伦敦哥伦比亚路花市

　　"早起买花，会让自己的一天如花朵绽放般美好。"

　　位于伦敦东区的哥伦比亚路（Columbia Road），平日只是一条约四百米长、两旁是红砖屋的寻常小巷。不过在每周日早上，这里都会变成花香扑鼻、热闹拥挤的花市，几分钟就能走完的路，可让人流连一两个小时。若你自问是赏花惜花之人，就一定要来这里感受周末慢生活步调。

周日早上，我九点起床，十点出门，十一点左右抵达花市，沿途已见一些人迎面而来，抱着花束，把心头好带回家。"来得可真早！"我心想。原以为花市只是普通的散货场，但刚到达哥伦比亚路口，便传来轻柔的田园吉他歌声，配以暖阳、微风、砖屋和行人，竟有一种复古的电影感。

我加快脚步，朝着那一条色彩缤纷的小巷奔去。这边的姑娘以响亮腔调叫卖茉莉树，对面那小哥在推销刚空运抵达的荷兰郁金香。声音起伏连绵，空气中流淌着如音乐般悦耳的英文字句。在伦敦各大小市集，还有"叫卖"传统的大概就只此一处了。春去夏来，岛国气候培育特有品种，有些花名字很陌生，得拿出手机字典，多学一些植物名。

身旁阿姨拿着刚选购的花束眉开眼笑；大叔一手高举小花圃，免给人潮撞跌；公公婆婆手牵手来买盆栽，拿回自家花园栽种。即使只是看人买花，亦能感受到英国人对园艺生活的重视。这个花市价廉物美，微型盆栽也有，两米高的橄榄树也有，唯一担心的只是家里没有空间种花。

除了露天花档，道路两旁也有精品小店，售卖如花具、摆设、古董餐具等玩意。原本逛完花市，已坐上巴士打算回家温习，但思前想后，还是中途折返，走回街口那间古董餐具店买瓷碟。我喜欢在伦敦的二手店买餐具，最重要的是价格得宜、英国制造，又有历史价值。

逛完花市，前往附近一个名为"Hackney City Farm"的小型公园农场，看着小朋友跟鸡、鸭、羊等小动物零距离玩耍，想起这是在澳门早已绝迹的画面。这里并设咖啡轻食店，可享用以有机食材制作的午餐。细尝烟鲑鱼温泉蛋面包，回忆今早鲜艳香甜的画面，嘴角不禁漾起满足的微笑。

tips

旅行小锦囊

交通：离花市最近的地铁站是Old Street站或Bethnal Green站。

营业时间：只开周日，早上八点到下午约三点。

（二〇一七年八月十九日）

伦敦的爆竹声

临近岁晚，伦敦唐人街已酝酿着喜庆气氛，学校甚至发电邮通知我们可以在年初一申请一天假期！这几天，更能体会到"每逢佳节倍思亲"的思乡情，真想回到澳门，做每年的指定动作：年三十吃团年饭、贴挥春封利是买年花、到妈阁庙上香，年初一为小狗换上新装、到婆婆家拜年、烧炮仗。

刚好这几天朋友凯莉一家来伦敦旅行，我就在年廿九晚上和她在唐人街一家香港茶楼吃晚饭。凯莉在幼儿园、小学、初中也与我同班，而我们的家只有一街之隔。还记得每天早上七点五十分，当我咬着面包跑去巴士站时，总会看见她焦急的样子，有时早上有历史测验，我们还会拿着课本在车上作最后冲刺。中学毕业后，我们也经常联络，最开心的是这次能当她的"导游"，感觉好像穿越时空，在地球另一边再聚。

吃完充满家乡味的晚饭后，我们在唐人街游逛，看看灯笼，感受到处张灯结彩的热闹景象。然后坐地铁去西敏寺，在宏伟的大本钟前欣赏泰晤士河两岸风景。这晚夜色凉如水，我们在桥上拿着"自拍神棍"拍照。

说回唐人街，它正位于伦敦西区的心脏地带，有百多年历

醒狮过梅花桩

人们在特拉法尔加广场欢度中国新年

史。这里的茶餐厅、川菜馆、任食火锅（自助火锅）应有尽有，还有书店、理发店、教会等，是一个小型生活社区。树立在两个主入口的牌楼虽然略显简朴，但对联颇有意味："伦肆遥临英帝苑，敦谊克绍汉天威""华堂肯构陶公业，埠物康民敏寺钟"。两副对联的字头合起来正是"伦敦华埠"。

年初四是星期日，笔者约朋友去特拉法尔加广场看舞狮大会。在这个堪称亚洲以外最大规模的农历新年活动中，有各式各样的中式小食摊位、贺年摆设、绵羊玩偶，像小型的年宵市场。在国家美术馆前，醒狮表演过梅花桩，扎实的功夫让人看得入神。广场上有小朋友将用纸皮箱和彩纸自制的龙头套在头上，更有公公婆婆打扮成财神夫妇！看到这些英国人为了这庆祝活动费尽心思，不禁会心微笑，欣赏他们的创意。

此刻我心想，如果我是本地人，也会为伦敦有这样的庆祝活动而高兴，一来可以多庆祝一次新年，二来又有独具文化特色的嘉年华活动。这天，广场上弥漫着的爆竹声、炒面香，成为我难忘的异乡新年体验。

（二〇一五年三月二十日）

伦敦邮展记趣

五月中旬，伦敦举行了欧洲邮票展览（Europhilex Stamp Exhibition）。邮展今年是首次于英国举办，选址伦敦别具意义，因为二〇一五年是世上第一枚邮票"黑便士"（Penny Black）面世一百七十五周年，而创始地正是英国。一八四〇年，维多利亚女王宣布进行英国邮政改革，邮费由寄信人承担，这是现代邮政之始。在第一次鸦片战争即将爆发之际，世界首枚邮票于伦敦诞生。正因如此，此后英国发行的邮票不需印上国名，只有君主头像。

"一块小纸片，背后涂上胶水，已足够用作邮票。"希尔爵士提议，在英国国内，不论信件距离、信纸页数，一律收费一便士，即百分之一英镑。这建议得到采纳后，寄信从此变得快捷、便宜，革新了通讯方式。可以想象那时统治遍及全球的日不落帝国，戍守他乡的士兵，也是通过一封封书信，才得以与家人联络，情感有所寄托。在"黑便士"发行四十多年后，葡萄牙也在澳门推出第一套邮票，票面设计为"葡萄牙皇冠"。

踏入会场门口，我问工作人员是否要购买入场券，他开玩笑说："今天免费入场，但你要确定你集邮啊！"环顾邮展会场，集邮人士多数是长者，很多伯伯对着邮票、旧信封爱不释手，托托眼镜，再仔细研究。可能集邮已成为当地老年人的玩意了吧！笔者受父亲影响，从小学已开始集邮，但现在已经很少买邮票来收藏，通常只用于和朋友交换明信片。在普通邮局买到的"女王头"邮票单调沉闷，而我在这里的皇家邮政展摊则买到各式各样的邮票，可留作日后使用。邮票主题有白金汉宫不同年代的风景画、经典英国童话《爱丽丝梦游仙境》、英国国旗、桥梁、花卉等。

"黑便士"是本次邮展的主角，除了英国皇家邮政发行了这枚邮票的复刻版以供收藏、使用，欧洲、非洲多国也以这一主题出版了纪念邮品。此外，我也挑选了一些其他国家的邮品打算送给朋友，例如树叶形的青蛙小型张、调色盘形状的画家小型张，

君朗在伦敦邮展上

色彩缤纷得令人着迷。最特别的当数奥地利的绣花邮票，它是以布制成的，小布片上绣了鲜蓝色的喇叭龙胆花，是阿尔卑斯山上一种独有的植物。

　　笔者是从澳门邮政网页得知这次邮展的，当然要到它的展摊看看。员工起初以为我是香港学生，还说香港邮政没有参加这次邮展。当她们听说我是在伦敦留学的澳门学生，更专程来参观时，感到有些意外。我买了一个澳门邮政为欧洲邮展而发行的纪念封，印有大本钟、伦敦眼和英国国旗，配上澳门风景邮票。很高兴在英伦也能遇到家乡的美丽事物，亦希望澳门邮票的独特之处为更多人所知。

（二〇一五年五月二十二日）

大英图书馆探秘

　　阳光明媚的周日下午，我前往大英图书馆（British Library）看展览。因为首次到访，想对图书馆有个大概了解，所以参加了导赏团。大英图书馆其实就位于伦敦最繁忙的国际火车站St. Pancras旁边，笔者每天乘地铁来回学校也经过此地，这次终于有缘参观。本以为导赏团只是带参观者到图书馆不同的公众阅览室之类，但讲解员带给我们的简直出乎想象。他在图书馆服务已超过十八年，对这里的一事一物了如指掌。同团的只有另一名美国人，她是在华盛顿工作的图书馆管理员。讲解员遇见知音人，甚为投契，讲解得特别深入。

　　大英图书馆的前身，原是十八世纪成立的大英博物馆的一部分，但因藏书日益丰富，在上世纪九十年代决定觅地将图书馆迁出。可是新址邻近首都最大的火车站，地底纵横交错的地铁倍添施工困难。此外，泰晤士河的地下水也威胁地下存档室的古籍。上到地面，图书馆的建造也面临不少难关。有人投诉新设计的檐篷像中式瓦顶，笔者刚进入时也有这种感觉。也有人笑它是大型商场，因为站在馆内感受不到多大的阅读气氛。然而，原来从侧面看，整座图书馆竟如一艘雄伟的帆船，向着泰晤士河启航。

　　在英国，法律规定每本出版物都要上呈给此图书馆收藏；对于外来捐赠，大英图书馆更是来者不拒，有时甚至会接收整个图书馆！"有些人当这里是垃圾场，但我们没办法，要检查每本书才知道哪本有保存价值。"大英图书馆每年都添置约三百万件新馆藏，需约十一公里长的书架摆置。可想而知，职员要为每本书分门别类、安排编号，极其耗时。所以，现时一本新书面世后平均要等一年，才会出现在馆内书架上。

　　作为全球第二大图书馆，这里云集了世界所有古今文字的藏书，除了是学术界的圣殿，各地也有不少人前来"寻根"，查阅几百年前的族谱。在标示"游人止步"的办公室内，讲解员带我们到了专门处理亚洲书籍的区间，这里有中日韩等文字的出版物，他随手翻开一本书，竟然是满文呢！他和这美国人也从未见过，我就解释这是清朝皇室的少数民族文字。此外，办公室一角还有一堆从中国某省寄来的政府年鉴，讲解员拿起后皱皱眉："这种年鉴，谁会有兴趣呢！又增加我们的工作量。"对，这里的工作还真是极为繁重，每天要处理过万个借书申请，一日的营运就花去一万七千英镑。

　　大英图书馆也不是"守残抱缺"，只顾着那堆文物书卷的。近年，它开始建立全国网页的档案库，意味着英国国内每个网页的信息都会被记录下来。例如某个流行时装网站会被存档，以让将来的历史学家知道二〇一五年的衣着打扮。大英图书馆表示，现在要进行一个学术研究，如今年的英国大选，若果忽略了网上世界，如脸书留言、竞选人的网志（博客）等，则无法反映完整脉络。而且英国网站的平均寿命只有四十四至七十五日，很多都已遗失或被新网站取代。笔者认为现时信息更新已抛离那个白纸黑字的年代，为网站存档确有其道理；但讲解员觉得此举知易行难："正如我有私人网志，每星期都更新一次，那存盘部门只记录这个网页，还是每星期更新的内容呢？"

大英图书馆

君朗在大英图书馆

在大英图书馆，你会觉得人们说"浩瀚的知识海洋"绝非陈腔滥调，一个人面对前人的无限知识是何等渺小。这时有人或会想起庄子那句"吾生也有涯，而知也无涯。以有涯随无涯，殆矣"，因而放弃以短暂生命追求无限知识。但正如图书馆职员所言："我们不能判断哪些东西对后代重要，故此要包罗万象地储存文物数据。"我们也不知道今日所学的知识，哪些会在未来用得着。所以，与其花时间问"这个科目学来有什么用"，不如脚踏实地，用有限的时间学习更多。

（二○一五年七月二十五日）

女王的天鹅·萨里郡郊游记

复活节假期间，我和中学朋友旅伴宏浩游毕奥地利回伦敦后，在他就读的萨里大学（University of Surrey）宿舍借宿一晚。这所著名的大学位于伦敦市西南部萨里郡的吉尔福德市（Guildford）。第二天下午，我们随意漫步，沿着运河从一个小镇走到另一个小镇。

我们首先登上雄鹿山山顶的吉尔福德主教座堂，此堂于八十年前开始修建，中途因二战停工，直到五十五年前才竣工。在教堂商店内，我看到一些教堂的旧照片，其中最特别的一张是"买砖运动"。原来当时筹建教堂需要庞大资金，负责人几经辛苦，成功号召全国二十万人认购兴建教堂所需的砖块，并可刻名留念。因此，很多人至今都觉得自己与教堂有一份情感联结。

此外，在吉尔福德还有一座已有九百五十年历史的城堡，颇为残破，不过游人仍可走几层旋转楼梯，登上塔顶眺望全城。由此处望出去，满目都是几层高的英式砖屋，无任何高楼阻挡。虽然这里只是个寻常的英国小镇，可是眼前无际的景色令人十分舒畅。

在城郊的运河旁边，我们看见一个大水塘，但只有一只鸭和一只天鹅在游泳，它们不断把头伸进水中，似是在寻找食物。正当我们靠近观察时，有个伯伯走过来说："你们不要碰它，全英国的天鹅都是属于女王的！"

老伯伯的这句话，让我感到十分奇怪，为什么只有天鹅是属于女王的，而其他禽鸟却得不到宠幸呢？上网查阅资料，才得知根据十二世纪的英国传统，全英国开阔水域的天鹅都是君主财产。当时英国平民常把天鹅当作盘中餐，与普通家禽无异。国王认为杀害这种雍容华贵的水禽有伤体面，便下令英国河流上栖息的天鹅尽归王室所有。至今，"钦点天鹅"的传统每年都会举行，女王派出大队清点天鹅数目，了解其健康状况。凡是伤害天鹅者，都会被罚款五千英镑和监禁最多六个月。

老伯伯又告诉我们，他从未在此处见过这么大的水塘，也许是旁边运河泛滥而成的积水。的确，沿着运河散步，也不时踩到地上湿漉漉的泥泞。不过，春日的天气非常怡人，微风吹拂，阳光和暖，放眼望向大草原，长满淡黄色的水仙花。这些城市人要付钱才买得一两棵的植物，在这里多得漫山遍野，如杂草一般。附近的草地和运河，以前用作牧牛和运输石灰建材，但现在都已荒废了。

沿途很多村庄都有一战和二战的纪念碑，纪念来自该小区

女王的天鹅

并为国捐躯的军人。我们还途经四个教堂坟场，可见镇民生活简朴，大都在自己的小区度过一生。走了两三个小时的路，由吉尔福德市到达萨尔福德市（Shalford），但最后坐五分钟的巴士便返回原地了。

我们走进一间咖啡店稍作休息，这时宏浩跟我说，这些地方他一个人的时候不会去，他在萨里郡读书已有半年，也未听闻过这条运河。我们在英国读书期间，因为跟游客的心态不同，所以很容易把身边的风景当作理所当然，很少有闲情逸致去发掘。可是一离开闹市，每次踏进这个国家的运河与小径，都可得到宁静的心灵空间。

（二〇一六年四月二十三日）

跟国际关系教授来一场伦敦雕像游

大学二年级的第一段过了一半，学校为我们安排了阅读周，这星期没有课，让我们做功课和复习未完成的阅读材料。阅读周期间，外交政策课教授James Strong邀请我们加入他办的伦敦历史游，主题是"英国如何记住或遗忘它在世界的历史地位"，通过在伦敦市中心街头游览，从雕像、建筑的故事之中认识英国历史和国际关系。

行程由伦敦政治经济学院的克莱门特大楼（Clement House）开始，途经河岸街、特拉法尔加广场，穿过白厅大道、唐宁街，一路走到国会大楼。这里是英国政治心脏地带，雕像设置十分密集，而有资格被放在此区的，都是对国家极其重要的人物或事件。但我们平时都直行直过，没有仔细品味其内涵和思想。

首先是国王道的布什大楼。在大楼正立面半圆形穹顶有个非常醒目的雕像，两个男人共握一把火炬，下有铭文"献给英语民族的友谊"，象征英美两国的邦交。然而，英美特殊关系可不是一直以来都那么一帆风顺的。教授列举了一些例子，如一八一二年美国"第二次独立战争"，当时英国焚毁美国华盛顿总统官邸。其后二战时美国迟迟没有参战帮助英国，直到战争末期，美国利益受威胁时才加入即将战胜的同盟国一边。到了现在，很多人都觉得英国脱欧和特朗普当选总统，都是两国人民做了违背国家整体利益的抉择。这些出乎意料的结果，令往后的英美关系更耐人寻味。

在伦敦市中心，很多雕像都有一个共通点。那是什么呢？

就是一种"英国总是优越于欧洲大陆"的民族思想。

大部分雕像人物都是英国军人，且纪念之事总是关于英国打赢欧洲大陆国家的。如战胜拿破仑舰队的海军纳尔逊，一战时领导英国击败德国及其盟友的劳合乔治，二战时的首相丘吉尔。英国人多认为自己置身欧洲以外，当欧洲内乱得一团糟时出手搭救，收拾烂摊子。正如丘吉尔所说："我们与欧洲站在一起，但我们不属于欧洲。"（We are with Europe, but not of it.）这句话取自他写于一九三〇年的一篇名为《欧洲合众国》的文章，他认为四分五裂的欧洲需要统一以达和平，但当时强盛的大英帝国不必参与其中。

有同学问这是否为设置铜像者所遵从的政治主轴？教授认为这未必是刻意安排的，因为这种英国比欧陆优越的自豪感早已深入民族骨髓。由此，已不难明白英国脱离欧盟，或与欧盟有越来越多摩擦，是意料中事。

我认为英国这几年把与欧洲关系的可能性一直缩窄，政治家夜以继日炮轰欧盟，要求脱欧，对国民而言亦是一种心理战，可用心理学词语"锚点"来形容。即一开始已把"脱离欧盟"搬上台面，把选项设为非"走"即"留"，后续的讨论也逃不掉这个框架。

另一个伦敦市中心雕像的共通点，就是它们之中完全没有女性的存在。这是国际普遍的现象，而且很多人都问，在世界历史中，女人都去哪儿了？啊，在白厅大道其实是有个纪念二战女性的铜像的，但也只是一排女性衣物，象征战时女性承担上百种工作的贡献，却没有一个立体的女性样貌。相比起那些有名有姓的男军人，女性通常被视为在背后默默付出的无名英雄。

来到导赏团终点国会广场，这里除了有一列历代政治伟人铜像之外，亦放置了仅有的两个非白人铜像：南非的曼德拉和印度的甘地。我问教授："英国政府如此重视曼德拉铜像，把它设置于此，是否代表向南非人民表达善意，重新评价过去的种族歧视和隔离政策？"

教授不以为然，说道："我反而认为英国政府企图对这些历史视若无睹呢！"教授说他读中学时，学校根本没教授南非乃至其他英国殖民地的历史，他印象最深刻的，也只是一张将所有英国领地以粉红色标示的世界地图。

我说："现今世界很多国家的历史，其实都有英国史的踪迹，而现时英国述说历史时，有时把这些国家视作与自身不太相干的'外国'，仿佛是想冲淡殖民时代的丑事。"

城市空间和资金有限，不可能为所有历史人物和事件立像，所以这本身就是一场记忆的取舍：哪些历史要被永远纪念？哪些要淡忘？历史作为一种叙述，都不外乎为现代服务，可以为今所用的自然会更受重视。

由于游览当日下雨，所以没有拍照，打算找个阳光明媚的日子再补回照片。刚好在十一月十一日那天，我在回宿舍途中路过市中心，遇上难得的冬日晴天。碰巧这天又是"国殇纪念日"，在广场的水池、纪念碑的石级上都有大量胶质或纸质的小红罂粟花圈，一片凄美。在这个城市住得越久，越令我对它的往事着迷。

（二〇一六年十二月三日）

伦敦初秋·小威尼斯运河游

　　初秋的伦敦，路边绿树点缀着金黄，午后阳光依然温暖明朗。位于伦敦第一区西边的小威尼斯，可说是个隐世景点，很多旅游书都没有介绍，不少留学生、当地人更未曾听过这地方。

　　小威尼斯位于帕丁顿住宅酒店区附近，是大联盟运河和摄政运河汇合处的三角形水域，停泊着众多运河船。这次我和父母在绿荫夹岸的水道，登上运河船，来一趟英伦运河历史之旅，由幽静公园到达热闹市集，在摇曳漂浮之间享受日光。

　　其实早于今年暑假，我已到访小威尼斯和发现在这里办运河游的船家 "Jason's Trip"，但当时独自一人就没有参加这些旅游项目的兴致。今年九月，父母跟我一起回伦敦，参观我的大学，顺道在伦敦玩一星期，我们便借此机会一尝运河游。运河船船身狭长，船舱每排仅可坐三人，观光客多是金白头发的本地公公婆婆。在船上向外伸手几乎就可碰到可爱的鸭子、天鹅，拿起食物向它们挥手，它们毫不害羞地一口叼走。

　　行驶途中，我们看见运河两岸有一些船坞，停泊着花花绿绿、各式各样的运河船，有运载游客的，也有船家自住的。透过船身玻璃窗望进去，可窥见内里齐备厨房、厕所、书房、卧室。在伦敦这个寸土尺金之地，能自由地四海为家，果真逍遥。

　　抬头观察河畔小道，有很多人在散步、慢跑，还有遛狗的老人、推着婴儿车的父母，大家脸上都流露着笑容，互相友善问好。我们迎面遇上一艘载满年轻人的小艇，他们在喝啤酒、弹吉他，愉快的乐韵在空中飘荡，看见我们还高兴地挥手打招呼，顿时唤醒了古老运河的青春活力。

在波光船影之间，船主老伯拿起麦克风，为我们讲述伦敦运河的故事。原来英国是世界上首个完成全国运河网络建设的国家，在火车系统建立之前，英国中部和北部城市的工业原料和制成品，就依靠这些水道南运至伦敦，促使十八世纪工业革命发展。工业化生产需要更快捷便宜的途径运送大量货品，令很多公司开始热衷投资运河开发，而对海外市场的需求就导致了帝国扩张。

如今，运河的功能已经改变，由于上世纪六十年代公路运输迅速发展，运河商业货运彻底消失，转为休闲旅游观光路线。

然而运河仍有其浪漫的吸引力，所以即使现时坐火车一个半小时便能直抵中部大城伯明翰，依然有人选择沿着水道漫溯，

小威尼斯运河游

花一个星期北上。一边航行，一边细味沿途村镇、田野阡陌，也不失为一种返璞归真的情趣。

运河深藏于花木掩映的翠绿之中，小桥连连，不时还要穿越隧道，四十五分钟后便抵达终点站肯顿市集（Camden Market）。船家在此泊船，迎接下一批游客，我们则闯进这个潮流族和艺术家的集中地。

肯顿市集由多个各具特色的市场组成，有大量二手时装店，售卖各式皮衣、皮包、牛仔衣等历久不衰的服饰，亦有自家品牌文创产品，如纸雕、花艺、戒指等，就算不买也值得仔细欣赏其巧手创意。

走累了，去熟食档买些英式炸鱼薯条、法式芝士包、西班牙海鲜饭等街头美食，坐在景色雅致的运河旁边用餐，继续享受这细水长流的恬静生活。

tips

旅行小锦囊

交通：前往小威尼斯十分方便，只需乘坐地铁棕色线 Bakerloo Line 到 Warwick Avenue 站，出站后走五分钟便到。

运河游：可上网搜寻船家 Jason's Trip 的网站，查阅时间表和网上预约，成人每位单程九镑半，双程十四镑半，出发时凭预约确认电邮到场付现金即可。

（二〇一七年一月二十一日）

踏遍科索沃

*2008年2月17日才"独立为国"的科索沃,被林君朗称为"新生国"。怀着修读国际关系的好奇和使命感,他亲身踏足这片土地,想看看这个地方的真实模样。2015年的科索沃,首府普里什蒂纳残破而荒凉,乏人问津的小镇格拉查尼察里藏着一座世界文化遗产,刚建成的新大学连图书馆的学术书籍都依赖美国捐赠,即使素质参差,但当地人民仍然极其崇拜美国。如此乏善可陈的地方,却让林君朗细细品味出跨越国籍和语言的人情味!

►► "新生国"科索沃

地球上的陆地大抵只有那么多，只是民族之间冲突连连，不断分疆立界。二○○八年二月十七日，科索沃宣布独立，位处素有"欧洲火药库"之称的巴尔干半岛中心地区。

科索沃一直以来先后归属多个邻国，在二战后划归南联盟，成为塞尔维亚的一个自治区。以美国为首的北约组织在一九九九年轰炸南联盟。战后，这一地区交由联合国管辖。

如今，纵使科索沃在二○○八年宣布脱离塞尔维亚的统治而独立为国，塞尔维亚仍坚持其领土完整，绝不放弃对科索沃的主权。虽然科索沃在欧美获得广泛承认，但尚有很多国家也反对或未曾表态，包括中国、俄罗斯等国都拒绝承认科索沃。

"独立"两字，看似是康庄大道的开端，但当地人用"双脚"投下真实的一票。各项经济发展无从入手，倚靠外援也不是长久之道，大量科索沃人因此逃往德国、瑞士、奥地利等发达国家，形成难民潮。在这个当地人"能走就走"的地方，究竟有什么可参观的呢？中文的旅游信息很少，可是在英文版"维基旅游"网站上，对每个主要城市都有详细的景点、交通、住宿介绍。

笔者在大学修读国际关系，想亲眼观察欧盟、北约、联合国在科索沃所做的事，以及一个"独立"仅仅七年的"国家"究竟是如何模样。当然，还有无以名状的刺激与新鲜感！过去一年的预科课程结束、大学入学手续准备就绪后，我将会由伦敦飞往土耳其伊斯坦布尔，再转机往科索沃的首府普里什蒂纳（Pristina）。

"什么，普里什蒂纳，哪里来的？我地理不太好！"伦敦机场的工作人员竟然如此问道。啊，不只是她，原来没有多少职员认识这地方。但这里是机场啊！有趣的是，伦敦以前是有直航飞往这座城市的，估计后来因乘客太少而取消了。果然，在两程飞机上，我都是一个人坐三个座位。心中有预感，百废待兴的"新生国"，正静待着观察与发掘……

（二〇一五年九月十八日）

►► 百废待兴·普里什蒂纳

科索沃二〇一八年单方面宣布独立，并宣布普里什蒂纳（Pristina）为"首都"。普里什蒂纳在之前的战争中受损，修复工程至今仍在缓慢进行。众多国际机构云集于此，如联合国、北约、欧盟，偶尔可见联合国部队巡逻，维持治安。当然，这里更是政府机关集中地，不过很多政府部门就像不起眼的普通公寓，挂个牌匾就是了。

笔者在机场买了电话卡，可以随时上网查看地图和旅游信息。我会在普里什蒂纳的青年旅馆入住三晚，接待我的是个来自匈牙利的义工，她第一句话便说，这里有世界上的第一个克林顿铜像。到达那天是七月四日，也就是美国独立日，他们更会在草地办烧烤派对！科索沃人为何如此赤裸裸地"崇美"呢？相信住在这城市的几天里，我可以找到答案。

走在街道上，每个当地人都凝视着我，眼神有点奇怪，也许他们极少亲眼看见亚洲面孔。德兰修女天主教堂就位于市中心，这教堂只完成了外墙，内里还是空荡荡的，石膏浮雕和云石地板只堆放在外。工作人员正在清理一张张胶椅，没空开放教堂旁边五层高的钟楼，唯有隔天再来。如此宏伟的天主教堂屹立在市中心其实有点奇怪，因为这里的主要族群——阿尔巴尼亚人绝大部分是伊斯兰教徒，而天主教是他们的民族公敌——塞尔维亚人所信奉的。

在教堂对面，就是普里什蒂纳大学，这里飘扬着五面旗帜：欧盟、北约、美国、阿尔巴尼亚、科索沃——这五面旗在其他政府机构也时常可见。可能由于是星期日，大学空无人影，像荒芜了般杂草丛生，楼梯阶砖亦已脱落。这里亦有一间未完工的东正教堂，据说自科索沃宣布"独立"，塞尔维亚人撤走后，此教堂就遭弃置了。

不过普里什蒂纳大学里最特别的，当数"国立"图书馆。它以近百个正方体组成，整个馆像被巨型铁丝网覆盖着，每个正方体上还有半圆形的白色穹顶。这奇异的蜂窝状钢铁结构，乍一看宛如外星来客，更曾被评选为"世界十大最丑建筑"之一！虽然有人嘲笑这座图书馆像漏了气的皮球，但它其实令平平无奇的普里什蒂纳生色不少。

在普里什蒂纳，还有七年前"独立"后摆放的巨型"NEWBORN"纪念物，横跨二十多米，每个英文字高达三米。听说纪念物每年都会被重新上色，但笔者到访时，发现每个英文字母都满布杂乱的涂鸦，不甚好看。人们把第二个"E"字涂上黑色，以示对经济（Economy）和移民（Emigrant）等社会问题的不满。走着走着，我发觉自己迷路了，听路人指示在路边等巴士，有些巴士站却连站牌也没有。普里什蒂纳市区内，有些道路十分残破，尤其在黄昏时分，甚为荒凉。不想如此形容一个城市，但这里作为一个"首都"，真的颇为乏善可陈。

（二〇一五年十月二日）

普里什蒂纳的"NEWBORN"纪念物

▶▶ 科索沃人爱美国

"你喜欢美国吗?"在科索沃"首都"普里什蒂纳的出租车上,我这样问司机。这时司机正载我去市中心的克林顿大道,他以简单的英文答道:"当然,美国救了我们!"

的士司机这样说,是有他的原因的。这是个当地人比美国人还爱美国的"国家"。对科索沃人民而言,美国是他们的大英雄,令他们的"独立地位"得到世界部分国家认同,所以有八成七的当地人都赞同美国的"全球领导地位"。出租车到达克林顿大道,美国前总统克林顿的铜像就立在小广场中心,四周是社会主义时期的民居。铜像左手正向群众挥动,右手持着一份文件,上面刻有北约轰炸南联盟的日期——一九九九年三月二十四日。

当局也许认为树立铜像能表达感激之情,不过,有媒体指出这其实是不智之举,因为借着铜像提醒人们塞尔维亚遇袭的日子,只会令族群仇怨更深。讽刺的是,克林顿正主张科索沃建设为"多元民族国家"。

那么,美国为何要出兵帮助科索沃呢?科索沃宣布"独立"之初,很多人都不明白美国因何利益要支持这穷地方,这里既无石油,又无黄金,就算今后多一个附庸国又如何?但所谓世事如棋,每一步都是国家间的角力。有叙利亚学者分析,塞尔维亚是俄罗斯的少数欧洲盟友之一,而俄罗斯是美国的威胁,这次俄罗斯面对塞尔维亚失去领土却无能为力,其在塞国的影响力必有所

普里什蒂纳市中心的克林顿铜像和美国国旗

损害；而美国协助穆斯林为主的科索沃"独立"，可借此改善与伊斯兰国家的关系。然而，立了这个先例，却反映美国可绕过联合国，以人道主义理由随意出兵某国，分裂领土。

　　这天刚好是七月四日，美国独立日的晚上，青年旅馆举行营火晚会。科索沃庆祝美国国庆，笔者还是首次听闻。我和来自英国、意大利和匈牙利的朋友围坐聊天，还记得一个有趣的对答："读国际关系的学生做什么？""他们去科索沃！"原来，青年旅馆的游客很多都是修读与政治有关专业的学生，有个女生更在这里的国际机构工作。住客们都是独自前来，因为都找不到旅伴来这"奇怪"的地方，他们有些朋友更以为这地方在非洲！

　　这晚，当地人沉醉在庆祝美国国庆的欢乐之中，远方传来欢呼与烟花声，可惜我们望遍夜空，也找不到烟花的踪影。

（二〇一五年十月十六日）

▶▶ 格拉查尼察·霸地盘

在距离科索沃首府普里什蒂纳十多公里处，有个名为格拉查尼察（Gracanica）的小镇，这里因一所有七百年历史的东正教女修道院而闻名，是世界文化遗产之一。科索沃以阿尔巴尼亚人为主，而格拉查尼察则是塞尔维亚族聚居区，通用塞尔维亚货币"第纳尔"和科索沃法定货币欧元。道路两旁都飘扬着塞国的红蓝白三色旗，旗帜鲜明地"霸地盘"。

就在二十年前，格拉查尼察还有十二万居民，如今只余一万多人，大多是由普里什蒂纳逃难而来的塞族人，形成科索沃中部最有规模的塞族社群。由于连接"国家干道"和普里什蒂纳，其一直被科索沃独立分子视为"塞尔维亚阴谋窟"。

在科索沃，前往其他城市的交通一般靠巴士。我在普里什蒂纳的巴士站向一位女士问路，她与我顺道，上到巴士自然坐在一起聊天。女士说："我们阿尔巴尼亚人不会接触塞尔维亚人，你也不要跟他们说话啊！"阿族人对塞族人恨之入骨。她还说，可以从外表上区分出两者，因为多数塞族人是戴十字架的东正教徒；而阿族人则是穆斯林，但他们的衣着就如其他欧洲国家般开放，女性不必戴头巾。到访之际正值斋戒月（Ramadan），街上却到处售卖啤酒，餐馆照常营业——"斋戒太辛苦了，我想吃就吃啦！"此外，每块路牌都有两种文字，阿尔巴尼亚语在上，塞尔维亚语在下，而下面那行常遭人涂黑。

到达修道院，只见门口立有"禁带枪械"的警告牌，围墙上还有铁丝圈。原来就在两年前，这里还有塞族军队保护。如今在这宁静的女修道院，只见一群小孩在草地上玩耍，有一个看见我还拿出手机，跟我自拍。这修道院以砖石结构砌成，是中世纪拜占庭建筑的杰作。

由于格拉查尼察修道院是塞尔维亚人至高无上的精神中心，他们甚至把整幢建筑物复制到芝加哥，传扬福音，名为"新格拉查尼察"。我在其网站找到三百六十度内部全景图，辉煌的壁画绝对比原品更为震撼，亦反映修建者的理念：触动感官，从而感动灵魂。

可惜的是，这个凝结七百年宗教艺术的无价之宝，因为族群间的裂痕，只能沉睡在小村庄里，没有多少人知晓。每个社群之间，或多或少都有文化与宗教差异，有国家拥抱多元文化，订立禁止歧视的制度；也有社会选择和平共处的折中方法，就是不相往来。

（二〇一五年十月三十日）

►► 圣水之源——佩贾

在格拉查尼察待了一个早上后，我回到科索沃首府普里什蒂纳，再坐巴士前往另一个小镇佩贾（Peja）。笔者早前已品尝过著名的佩贾啤酒，可能此处的水质清甜，酿出来的啤酒也特别甘醇，是当地人的最爱。在这里的深山角落，埋藏着一个隐士之地，就是世界文化遗产佩贾修道院。

这个山麓小镇的街道两旁都是几层高的房屋，遥望远处，整个小城以连绵高山作为背景。山脉跨越国界，游人如有申请，更可远足至邻国。不过，令人感到奇怪的是，在修道院外面有两个军人驻守，要求记录护照数据。之所以有这个措施，原因是几年前有敌对分子试图向这里的另一间教堂掷手榴弹，故从此警卫森严。

走过一大段石板路，宽敞的溪涧便在面前展开，淙淙流水带来丝丝凉意，引领人们通往尘世乐土——佩贾修道院。这是一座东正教的红砖屋教堂，在翠绿树丛映衬下分外夺目，外墙绘有闪亮的图案，仿如魔法故事中的糖果屋。此时，树荫下传来温柔的细语声，原来在石椅上，有位修女在跟女孩讲故事。

正当步出教堂，打算向山谷更深处进发时，军警突然在我背后吹警哨喝停，生怕我搞破坏！回头一看，河边冒出了两个背包客，我就隔着小溪打声招呼。这对男女来自比利时，想在草地上野餐露营过夜，还给我一份他们自制的西红柿芝士三明治。烈日下的溪水依然清凉，我们每人喝一口，顿时凉透心。修女经过，发现我们三个有趣的游客，也不禁掩嘴而笑。比利时男生看见有教堂又有修女，不禁联想到我们在喝的正是"圣水"！

吃到一半，刚好有军人巡逻，对我们呼喝："你们在这里做什么？"

"我们打算坐一坐，享受这里的山水！"

"不行，快点参观完教堂就要走！"

"好，吃完东西有精神再起行！"

"废话少说！走！"

这里的人就是这样，他们好像不在乎游客多少，也甚少为游客专门设计纪念品，只想安安静静过生活。他们也许未意识到旅游业带来的好处，也许觉得当地尚未有条件在这方面发展。因此，我在这里被问得最多的问题是"你来这里工作吗？"当地人不知道为何有外人甚至是亚洲人欣赏他们的美，反而以为我是中国劳工。

我却认为，如果这里是游人如织的热门景点，我还有心情跟罕见的两位游客交朋友吗？其实任何地方都有亮丽之处，等待有缘人发掘。而经过探索后偶然碰见的美丽，往往比跟随指南书拍几张照更令人感动，因为得来太易反而令人过目即忘。正如去一间餐厅，如果预先浏览每道菜的相片和食评，菜式未上时我们已知道是何种味道，不是令人少了很多惊喜吗？又如看电影时，我们也不喜欢已看过的人透露剧情吧！

接着，我们便分道扬镳，各自继续行程，心中存留着快乐的余韵。

（二〇一五年十二月十一日）

▶▶ 贾科维察·细味人情

贾科维察（Gjakova）是科索沃西部的一个城市，经过战乱，很多古迹基本上已被摧毁，只剩下几座清真寺和天主教堂。

逛完旧城区，笔者乘坐的士前往当地人的食水来源——拉当利奇湖。在清澈深蓝的湖里，有几个男生正在游泳，嬉皮笑脸地对我高喊："喂，来爸爸这边！"岸上还有一堆人，我只好避开，走远一点再拍照。后来，有个叫Chris的男生走过来问我："你懂得说英文吗？我带你认识我的朋友。"坦白说，我有点犹疑，因为之前有人告诉我，就算是问路也找当地女性较好。想不到最后，我也快乐得像他们一样，脱掉上衣跳进水里玩。

Chris和朋友Fabian热情地邀请我去他们家做客，说要带我探他们的亲戚，还有自家养的几只鸡。我内心又再挣扎，一来这些好像哄小朋友的伎俩，二来我已向的士司机付了回程车费，他会来接我。管不了这么多了，就坐上了他们的私家车。到达乡村大宅后，爸爸妈妈叔叔伯伯姨姨婶婶弟弟妹妹，每人拿张椅子坐过来，微笑着睁大眼睛看我，弄得我有点不知所措地傻笑，心里却非常感动。我真的诧异他们家有这么多人，大家都好像闲着无事留在家中。整幢房高三层，有很多窗户，我原以为他们的大家庭是因科索沃人信奉伊斯兰教鼓励生养众多，但想起他们是天主教的，那大概是这里的社会文化使然吧。

Chris的妈妈不懂说英文，要儿子翻译，也非常好客地拿出

君朗和Chris合影

土耳其咖啡、可乐，而整桌人只有我一人享用，有点不好意思。我一边喝，他们一边继续凝视着我，似乎很满足。其实，我觉得这里的人都很希望外人爱他们的地方，例如当地人经常问我："你喜欢科索沃吗？"他们知道自己的家园毕竟经历过战乱，难免百废待兴，却想透过自己能表达的友善，令人感受到温暖。

有些社会，经过政治风暴后人们道德沦丧，从以前的夜不闭户变成互相猜疑，想尽办法在同胞身上榨干榨净，小孩被碾毙在闹市路上亦无人理会。信任一旦撕破，就如推倒一列骨牌，每个部分都顷刻崩解，且无法复原。

贾科维察也遭受过动荡，是科索沃战争中失踪人数最多的城市。可是，即使昔日人口已因战火四处流散，剩下的居民仍然坚守邻里关系，对待外人更像宾客一样，邀请他们入屋聊天。有

热情的Chris一家

人也许会说我不知危险，因为陌生人随时可能谋财害命，但在别人的地盘里四处游走，一直都是独自一个人，倒不如信任直觉。

这只是笔者某一天在这个城市某一角落经历的某一刻，却反映出此处温暖的人情味。对这一点，我们这个日防夜防的社会，实在值得细心反思。

（二〇一五年十二月二十五日）

▶▶ 米特罗维察·民族分裂线

　　桥，本应将两岸连接，使人们来往畅通无阻。可是，在科索沃北部的米特罗维察（Mitrovica），一条伊巴尔桥，却成为阿尔巴尼亚和塞尔维亚两族人民难以逾越的界线。自一九九九年内战后，两族各据一岸，互相避免接触。在网上搜寻"米特罗维察"，几乎每个网站都能看到关于这里的种族冲突，直至近期还不时有纵火案、爆炸案。

　　我由普里什蒂纳坐巴士到达这座城市，巴士站在南部阿尔巴尼亚区的清真寺门前，一下车便沙尘滚滚，眼前都是约十层高

民族分裂线——伊巴尔桥

的楼房，颇有破烂感觉。民宿主人Attila住在北面的塞尔维亚区，所以我要拖着四个轮坏了三个的行李箱，慢慢地走过伊巴尔桥跟他会面。大桥两端都被巨大的石块堵塞，且杂草丛生。

我笨拙地跨过石块到达对岸，仿佛进入了另一个国家——这边的每条灯柱都挂着塞尔维亚红蓝白三色旗，墙壁绘满政治海报。由于Attila要在大学授课，便让我先在这城市探索。在这区吃下午茶付欧元，竟找回一张塞尔维亚的纸币，这在对岸可是被唾骂的东西呢。之后，我吃力地登上山顶的东正教堂，它与对岸的清真寺宣礼塔遥遥对立，民族地域色彩非常明显。另外，南北两部都有自己的战争烈士纪念碑，两边各自的英雄，到了另一边便成了战犯。

若不是事前搜集过资料，我也不会察觉到冲突迹象，且自己也没遇到什么麻烦，可自由来往两边。但紧张的气氛还是有的，例如大桥两端驻守的军人总是紧紧盯着我。这时民宿主人Attila已完成当天在大学的讲课，叫我回去等他。正当我打算过桥时，发现远处还有另一座小桥，便过去看看。

穿过树丛，一群小朋友在桥上、小河里嬉戏，看见我顿时兴奋起来，对我的来历非常好奇，不断问东问西："你从哪里来的？你有没有女朋友？"他们教我摆出阿尔巴尼亚的"双头鹰"手势，又请我教他们"中国功夫"。在民族分裂线上，孩子们的欢笑令河水变得清甜。战后的新生代，从没亲身经历过长辈口中那段恐怖日子，简单的游戏如捉鱼、游泳，就可令他们打成一片。不过大人却有更复杂的计算，对自己的"身份"亦有鲜明划分。正如被堵塞的大桥不但阻挡货物往来，也确实是心灵的

另一座小桥上嬉戏的孩童

障碍。

　　此时我有种难以释怀的感觉：这地区的民族与宗教差异早已有之，历史恩怨也非近一二十年的事，是什么导致原本和睦的民族互相憎恨？可能是国内和国际政治揭开了往日的伤疤，进而利用早已淡化的恩怨？国内民族主义者把民族身份政治化，凌驾于一切利益之上，国际政客则扩大自己对这地区的渗透。获益者是少数，而饱受暴力之害且无法改变局面的是两族平民。

　　下一篇，我会跟着Attila教授参观当地新建的大学，看看欧洲国家如何协助米特罗维察培养商业人才，从而让整个科索沃走出战乱的阴霾。

（二〇一六年一月八日）

►► 米特罗维察·参观新大学

上一篇讲到科索沃的米特罗维察，一个南北两岸分别由阿尔巴尼亚和塞尔维亚两族占据的城市。民宿主人Attila教授下班后，带我前往他工作的"米特罗维察国际商业大学"参观，并介绍他的德国教授朋友给我认识。这所大学由欧盟和几个欧洲国家援建，北部的校舍在去年启用，南部也有一个校舍将在明年落成。

四层高的现代化校舍十分宽敞，但刚刚使用不久，没什么"人气"。这里目前只设有三个学科，就是市场营销、公共行政、环境管理。Attila跟我说，这里得到英国、瑞典、丹麦等国的资助，确保教育质量和提供交流机会。科索沃战后的经济需要复苏，而促进教育水平跟欧洲接轨和培养商业人才都是有效的方法。

接着，我们进入了一间大房，地上、书柜上都堆满学术图书，Attila说这正是他们的图书馆，显然还在筹备当中。有趣的是这些书的来源，原来是美国的"Book Bank"计划，各出版社无偿捐赠书籍，而米特罗维察的大学则负责运费。同行的德国教授这时开始发牢骚，不停抱怨："出版社把卖不出的垃圾都丢到这里，还要我们付运费！"他随手拿起一本，不屑地说："你看，这些'杂唛'（杂牌）教科书，质量这么差，根本不能用来教学生！"这件事令人想到身处较富裕地区的人，总有自以为是的想法，觉得有用的物资，捐到别人手上就能帮助他们。但如果重量不重质，忽视实际需要的话，最终反而是得物无所用的浪费。

身为喜爱流连图书馆的大学生，我明白图书馆是大学的灵魂，一流的大学要有一流的图书馆，才能反映其文化底蕴。这所大学刚刚诞生，有各方面的扶持，相信未来会不断充实内涵，成为这个城市的学术中心。

参观完大学后，两位教授带我跟他们的同事吃晚饭。席间，他们都感叹毕业生的失业率其实也颇高，因战后政治局势不稳，令经济未能充分发展，根本吸纳不了这么多人才。德国教授悲观道："这个地区永远不会得到别人注意，除非有冲突发生。"只有两边擦枪走火，得到媒体关注，才会有外来援助，所以未来都不会变好。

我和Attila步行回家，由于正值伊斯兰教的斋戒节，白天不可进食，人们都在家里呼呼大睡直到日落，所以夜晚街上人山人海，游乐场也恢复了生气。这时我发现北面明显比南面落后，建筑物大多日久失修，汽车都是南联盟时代的旧款；反观自战后一直被联合国和欧盟关照的南面，到处都在大兴土木，有很多标有欧盟旗的工程简介牌。长远下去，日渐拉大的经济差距会否成为两族日后的矛盾，是未知之数。我放下满脑的思考，睡觉前先去洗澡，却发现房子缺水缺电，赤裸站在浴缸中，花洒只有一滴、一滴的冰水……

（二〇一六年一月二十二日）

漫谈欧洲

*波兰、马其顿、葡萄牙、德国、希腊、西班牙、奥地利、斯洛伐克，林君朗先后到过欧洲至少八个国家。他一方面整理旅游讯息供读者参考，另一方面仔细记录当地风土人情和国家局势。每一个国家、每一个城市，都有它独特的风貌，但无论走到何方，林君朗总是想起家乡澳门——文创产业的可缔之机，葡萄牙特色的各种影子，等等。不知道读者们读毕这本小游记，又会和家乡产生何种联想呢？

温馨提示：本章对美食描述甚多，不建议半夜阅读，以免影响减肥计划。

▶▶ 古都生命力·波兰克拉科夫

　　多数人游欧洲，都先从西欧开始，波兰这个知名度较低的国家，顶多只能在旅游指南上跟其他东欧国家并列。我对波兰的最深印象，就是它在历次战乱中不断遭强邻瓜分。其实，波兰的历史文化、自然景观，相比其他欧洲国家绝不逊色。位于该国东南部的克拉科夫旧城区，是波兰的旧都，更被列入世界文化遗产。它是波兰在多次战火中，唯一未受严重破坏的城市。去年夏天，我有幸第三次参加国际地理奥林匹克竞赛，与三位队友和两位老师一同前往波兰的克拉科夫。

　　这次比赛有来自三十六个国家和地区的青少年，而我是澳门参赛队伍的一员。比赛共有三个测试环节，分别是申论题、实地考察、多媒体选择题。在申论题和多媒体选择题方面，我们要思考解答各种人文地理和自然地理范畴的议题，例如气候变化、资源管理、农业、人口、可持续发展等，可谓包罗万象。这些范畴都与日常生活有着千丝万缕的关系，拥有时事和社会触觉，兼有地理的角度和批判性思考，都是必不可少的。

　　在申论题方面，有些是可以直接从课本中找出答案的，例如题目要求我们简述火成岩、沉积岩和变质岩的成因，举例、说明海岸地形的形成过程，分析不同气候地区的植被等。也有一些是测试参赛者的综合能力的，要求提出个人见解，例如以麦当劳的全球分布图分析跨国公司的全球化和在地化经营策略；亦有根据既有资料提出措施，预防因全球交通日益频繁而蔓延的疫症等。这类要求参赛者综合所学知识，深入思考作答的题目较具挑战性，也没有标准答案，拓展了我们的思维空间。

在各个比赛环节之间，都安排了户外活动，让我们跳出局促的课室，缓和紧张的情绪。然而，夏天的克拉科夫虽然比澳门清凉舒爽，却经常晦暗阴沉、细雨连绵，令人扫兴。正当我为忘记带雨伞而愁眉不展时，身旁一位台湾男生慷慨地跟我共享他的雨衣，跟我们一起冒雨走到旧城区的中央市集广场。我们看见他的可爱样子，都不禁称他作"小精灵"。他让我明白到，只有乐于与人分享、主动接触新朋友，才会让余下的旅程有更大收获。

位于旧城区的中央市集广场，是当地人举行节庆活动的场所，也是他们每天必到之处。居民笑言："在这里闲逛十五分钟，必定会碰到相熟的人！"这里有现场制作的瓷器、木雕等工艺品，也有烤芝士、香肠等美食。广场上还有宏伟的圣母圣殿，这幢哥特式建筑的不对称外观在广场上非常引人注目。小城中穿梭的传教士和修女，表明这些教堂都不是城市装饰品；据说在波兰还是社会主义国家时，天主教曾是国民的精神寄托。

可惜，夹在两大强邻之间的波兰，历来饱受战火之苦。建于一九四〇年纳粹德国时期的奥斯维辛集中营，位于克拉科夫西南部，逾百万人在此被杀，九成都是犹太人。从挂有德语标语"劳动带来自由"的入口处走过，眼前一排排红砖屋、一幅幅铁丝网，气氛肃杀。在红砖屋里，各间小房分别存放毒气罐，以及行李箱、头发、皮鞋等从遇害者身上取下的物资，以作战略补给。单看这些堆积如山的物资，当年苦况便呈现眼前，偶尔还可见后人祭奠留下的红玫瑰，刺痛人心。

在距今才七十多年的同一条路上，我们与昔日的人都踏着同样的阶梯；但我们参观完就回家，他们则走上不归路。此时此刻，站在奥斯维辛集中营内，听着导游讲述那段黑暗过去，身旁的游客，尤其是德国游客脸上露出的那种凝重，正是以史为鉴的态度。

为了让各国参赛者更了解彼此的文化，比赛安排了海报演讲活动，主题是"当代城市空间的挑战"，要求每个参赛国家和地区各制作一份关于这一主题的学术海报。我们选择了澳门的区域融合作为主题，首先展示小城历年的填海进程和成果，以及新城规划的简介；可是我们认为，对这个面积狭小的城市而言，填海固然能提供更多发展空间，但长远来看，对于先天不足的小城，这并非唯一的发展之道。因此，队员们提出轻轨和港珠澳大桥、横琴经济开发区以及珠三角经济区，将是澳门今后参与区域融合的关键元素，并对此作出了详细阐述。在制作海报期间，我们分工合作，例如搜集数据、撰写文章、排版设计等，培养了我们的团体精神，同时也让我们对澳门的社会现状和未来发展有了更深入的思考。

这一个多星期的点滴小事，都一一浮现脑海。我们曾经三十多人彻夜围坐一起大玩"狼人"游戏，互相猜测究竟谁是"幕后凶手"；和荷兰、德国、匈牙利的朋友结伴畅泳，在有两层楼高的水上滑梯穿梭；寄出十多张明信片，令语言不通的邮政局员工不胜其烦，收起邮票不卖给我们。还有原本以为要取消的"踩界之旅"，岂料到最后还是完成了。怎样"踩界"？就是冒着冷风细雨，和几十位新相识的朋友，还有玮欣、嘉颖，踏着单车，哼着歌，跨越国界到斯洛伐克。两位领队老师在整个旅程中悉心照料，尤其是这次单车活动，不断叮嘱我们小心山路。

欢快的活动过后，又回到紧张的比赛环节了。有别于去年的野外考察禁止参赛者交谈，要求独自完成，今年鼓励同组队员在考察期间互相交流，分工合作，共同观察记录有用的数据。这次实地考察的主题是"公共空间"，地点是一片偌大的草地和公园，测试题目主要是围绕对这些公共空间的未来发展规划。在波兰，公共空间一直受到市民和政府的重视，他们认为这是小区的必要元素，能构建身份认同感，也塑造了城市的角色。

完成了实地考察后，我一直思考着教授在赛前讲解提出的几个问题：为什么要有公共空间？它们有何功能？如何规划设计？这几个问题在脑海中不断浮现，在回家路上透过车窗远望，心想澳门的公共空间、城市天际线正在不断变化，游客对澳门的观感发生改变之余，澳门人的自我形象也会因此不同，价值观同时发生了微妙的改变。原来，公共空间一直影响着我们对美感的看法、对金钱的态度，甚至是走路的速度。

回想起昨日此刻，我们还身处克拉科夫，那个充满帝国余晖的地方，如今已从单一城堡发展为充满活力的新兴城市，焕发生机。这里新与旧互相兼容，我们居住的市郊地区焕然一新，青葱的草坪和绿化带穿插在现代建筑之中，多间国际科技公司的大楼拔地而起；而市内的古典建筑物则弥漫中世纪风情，旧城区的市集广场美丽如往昔，更曾获选为"世界最佳广场"。这正反映出一个事实：我们创造了空间，空间又反过来塑造我们的生活，给我们的生活赋予意义。

（二〇一五年一月十二日）

►► 寻找澳门感觉 · 行走葡萄牙

宁静山城波尔图

手中这本葡萄牙护照，给我的旅游、留学带来不少方便，可是除此以外，这个国家似乎与我没有什么联系了。虽然澳门也有不少蓝瓷砖、碎石路、粉色小屋，但究竟最正宗的葡式建筑是什么样子，最传统的葡挞又是何种滋味呢？复活节期间的十二天葡萄牙之旅，正是抱着"寻找澳门的熟悉感觉"这一目的而去的。

笔者喜欢独自旅行，可按自己的步伐而安排行程，不必赶景点；正因为一个人，更愿意主动认识陌生人和分享彼此的故事。若要旅程一切顺利，事前准备功夫更是少不了。我全程每晚都选择在Couchsurfing（沙发客旅行社交平台）寻找愿意提供民宿的当地人，虽然发出的很多请求都被拒绝，但庆幸最后也有很多热心的民宿主人愿意提供住宿。

首先到达旅程的第一站——波尔图。

波尔图是继里斯本之后的葡萄牙第二大城，公元四世纪建立之初已是重要的商港，就连葡萄牙（Portugal）这名字也是从波尔图（Porto）而来的。这个山城沿着杜罗河发展，河谷是著名的"砵酒"（Port wine）产地，这种酒特别香甜醇厚。在波尔图的两晚，我住在法国交换生Maelle的房子里，她与其他约十个留学生合租三层楼高的住宅，一大群年轻人不时呼朋唤友开派对。"这里依山而建，你不需要地图，只要不断落、落、落，就找到市中心了！"她的这句话正是游走波尔图的要诀。

Maelle是个很爱笑和健谈的女生，我刚放下行李她就带我认识她的德国朋友，我们买些水果，在草地上享受午后阳光，这就是葡萄牙三月的悠闲生活。而此时我所留学的伦敦仍是冬春之交，阴暗湿冷。波尔图实在太悠闲了，刚刚到达的我当然要四处游走一番，我们就约定晚上再一同煮晚餐。

跟着Maelle的指示不断"落、落、落"，直至到达分隔新旧两城的杜罗河，跨越两岸的大铁桥——路易一世大桥顿时矗立眼前。这座桥连接波尔图旧城和加亚新城，由埃菲尔的徒弟设计建造，有几分巴黎铁塔的味道。它使两岸美景连成一气，从旧城区一路散步到桥上，突然有电车擦身而过，惊险万分！跨过铁桥从酒庄区欣赏整个古镇，夕阳余晖之间又是另一种风情。清澈的河边停泊着几艘传统翘尾运酒船，葡萄酒就是这个城市的血液，自古以来都是其赖以生存的命脉。

波尔图的蓝与白

刚到达波尔图时，我是不断发生"哗哗"声的：哗，这个角落很像岗顶前地啊！哗，这片小屋庭园和亚婆井一模一样呢！……在这样的时刻，我发现自己在世界另一边接触澳门。但如果我来这里纯粹是为寻找澳门踪影的话，未免太浪费了，因为每个城市都是一本独特的书。在新城区遥望对岸，旧城如同一张皱巴巴的地图，起伏不定，民居、教堂、城堡依山而建，层层叠叠。

走进一间餐厅，这个时间只有我一个顾客，就跟老板娘聊了起来，还走进厨房看她炸马介休球（Bacalhau，以鳕鱼为主要材料制作而成的一道葡式菜品）。我只是好奇看看，老板娘却笑我急不可待。回到餐桌享用美食之前，我拿出"自拍神棍"，老板娘、我、桌面的美食，构成了愉快的画面。关于波尔图的美食，最有名的菜式就是"France-sinha"——大量芝士层层覆盖着面包吐司，中间包裹着厚厚的各式肉品，有香肠、牛肉、火腿，淋上微辣酱汁，再配以鲜炸薯条。这种"邪恶食物"的脂肪和热量肯定"爆表"！

走在碎石路上，从集邮店橱窗看到熟悉的澳门邮票，但都是澳葡时代的。推门进入狭小的店内，邮票井然有序地堆放着，传出一股老旧纸张味。老板和顾客正在翻阅集邮簿，闲话家常。我拿出背包里的澳门邮票、钞票分享同好，这些本来是打算向民宿主人介绍的。拿起一个纪念特区成立十五周年的首日封，才刚开口，老板已说道："我知道啊，澳门。"大家分享了一些澳门邮票的故事，有些事情更是从葡萄牙人口中才知道。例如他问我邮票是否拿来交易，但其实回归后的澳门邮票已较少受葡萄牙人欢迎。据我所见，他们较喜欢澳门回归前有关中华文化的邮票，如中式乐器、扇子、传统故事之类。大家微笑握手道别，在跟当地人交谈中增长知识，过程令人十分快乐。

波尔图的横街窄巷其实颇为残旧，暗角积水有时引来群群苍蝇飞舞。然而，只有走进迂回曲折的巷道，才会发现酒城的古朴之美。民居每面墙上都有不同的颜色，还有确实永不重复的彩绘瓷砖。葡萄牙的蓝白瓷砖（Azulejo）来自阿拉伯，热衷繁复之美、几何花纹。有人会将之与青花瓷比较，但中国的青花瓷是水墨风格，清雅飘逸；而伊比利亚半岛上的 Azulejo 是油画风格，浓墨重彩，立体感十分强。阿拉伯艺术跟讲究"留白"和意境的中国山水画不同，会用各种装饰和细节填满缝隙，波斯地毯是另一例子。在波尔图，有的瓷砖是单一图案铺满外墙；有的直接把整面墙当作画布，绘上壮阔的宗教历史故事。蓝白瓷砖，构成了这里的生活布景。

在酒城的最后一晚，我在破旧房子脱落的瓦砾里，挑选了几块较为完整的彩绘瓷砖作为纪念，一块送给即将探访的好朋友。但我心里知道，这里的美丽是怎样也带不走的。

朝圣之城布拉加

葡萄牙有句谚语——"古老如布拉加的教堂"，比喻经得起岁月沧桑的事物。由公元三世纪起，布拉加（Braga，不是捷克首都布拉格 Prague）作为主教的所在地，是每年数以万计教徒和游客的朝圣之城。

由波尔图到达布拉加火车站后，由于电话卡有些问题，我只好向路人借电话联络民宿，其后也不时这样做。庆幸的是当地人不会疑神疑鬼地盯着我再后退几步，通常都乐意把电话交到我手中。火车站外的一位女士，更带我到餐厅，并主动帮我看管行李，还教我搭巴士前往耶稣圣殿山。

耶稣圣殿闻名之处，是它建于山顶的之字形曲折石阶和一望无际的平台。望向矗立在山顶的教堂，想象当年开山劈石肯定是个浩大工程。教堂山脚有一段曲折的长台阶，六角形的小礼拜堂分布在各个拐角处，里面供奉着耶稣行苦路的雕像，经年累积的青苔已让这些小屋完美融合在密林中。爬上极有气势的十七层之字形阶梯，进入巴洛克式教堂之前，我反而想回头饱览城市美景。这时不难想象，信徒在朝圣路上诚心爬上层层阶梯，在山顶遥望万物，顿时酝酿出既敬且畏的感觉。教堂内部装潢非常瑰丽，长木椅上零散坐着几个公公婆婆，有些低头祈祷，有些抬头凝望圣像。下山时，在巴士站遇到一位安哥拉妇人，她告诉我葡萄牙有不少来自前非洲殖民地的移民，在这里生活久了，主要说葡语。真可惜，如果我也会说葡语的话，必然可以了解更多。

在这个朝圣之城，走两步是教堂，转个头又是教堂，报时钟声响遍小城。不过这样也好，我宁愿自己家对面是古典的教堂，也不想是炫目的赌场。回到旧城区，走到附近的塔楼门前，有当地居民迎面而来，邀请我登楼，原来这里还先进得有升降机！对话内容已不太记得了，但她的笑容仍留在脑海。依稀记得她说在罗马时代，修筑了烽火台和围墙来界定城市范围。这时我想起刚才在巴士站遇见的妇人，就问起葡萄牙的移民问题。她答道："我们对外来移民没什么偏见或歧视，我就是因为喜欢了解不同文化，才来当义工向游人介绍文物的，还有几个澳门的土生葡人朋友呢！"

晚上我住在布拉加市郊，民宿主人Rita是个大学生，她和巴西男朋友、法国交换生一起居住。我们四个一起收拾昨晚派对的垃圾，然后煮晚餐，我还炮制了远道带来的"出前一丁"（一种方便面品牌）。还有，我最喜欢跟民宿的三只小狗玩耍，它们是主人在街上拾回来的流浪狗，现在每天在房子四周的大草地上快乐奔跑，令人欣慰。

无论过去两天在波尔图，还是今天在布拉加，沿途经过的十字架早已数不清。我猜想这里的教堂有点像我们的街坊组织，每个小区有一间属于自己的教堂，各据山头，互不相干。Rita告诉我，原来并非这样。虽然她不是天主教徒，但小时候也会跟随奶奶上教堂，有一两间他们经常去，却不必是固定的，例如哪个牧师讲道好听就去哪间，某间教堂装潢漂亮就吸引更多信徒。据她这样说，教堂也要有自己的方法才能吸引街坊信众。尤其在这个年代，年轻人都去提供免费上网的咖啡店，而不去教人免费上天堂的教堂了。

科英布拉的呼叫

科英布拉是葡萄牙的文化之都，当地人称这里为"大学城"。葡萄牙最古老的科英布拉大学，就屹立在此城最高点，它也是世界上最早的大学之一。据说这所大学的图书馆藏书有二十五万余册，如今架上的图书只供展览，但可以在新馆找到相应的复本阅读。

我会在科英布拉逗留两晚，民宿主人Carlos是个工程师，非常好客和健谈，全小城的街坊都认识他。刚到埗（抵达），Carlos就带我品尝地道葡国菜，他和邻桌几个大叔有说有笑，大叔们看见我赞叹地望着他们的牛扒，也乐于跟我分享。最后，Carlos吩咐侍应每款甜品来一件，简直捧腹而归。吃完午餐后，我们就回家放好行李，而这时颖怡刚好放学，准备和我们一起骑单车！

颖怡在澳门大学就读中葡双语法律课程，大学一年级要到科英布拉大学学习葡文和法律。我们在中学时同是文科同学，在高二那年的史地学会考察旅行中成为好朋友。计划这次行程时正值我考试之际，事前只匆匆上网看了些游记和搜集资料，幸好有她给意见，省了很多冤枉路。我们借了民宿主人的两辆单车，准备游遍整个古城。可是，想起古城那边太多陡峭山路，停下来吃东西也很麻烦，便在公园拍了几张照后把车还回民宿。我们在大学植物园散步，颖怡摘下美丽的花朵戴在头上；也去了山顶的法学院大广场，坐在长石阶上唱歌。我们沿着斜坡下山，穿过城门、教堂、旧街小巷，和另外两位中学朋友，诺思和建慧，吃甜美多汁的烤乳猪。夜幕下，我们四个在蒙德哥河边漫步，到情人桥上看北斗星，不断谈起中学时的趣事。

在闪着彩色灯光的桥上，我们聊起各自的大学生活。她们告诉我，今年是科英布拉大学建校七百二十五周年，可是越来越多葡萄牙青年不满当地的高等教育。这时我回想起今天看见"学生日"的示威活动，整座教学大楼被一幅幅长黑布覆盖，上百个学生穿着传统黑色长袍，用绳索捆绑双手，高喊口号，举着教育部长的纸板人偶，抗议政府削减教育经费，妨碍国家人才培养。葡萄牙是欧盟区失业率最高的国家之一，大学学费占家庭收入的比重也很高，全国有两成多年轻人无法找到工作。跟在这里读书

科英布拉大学"学生日"示威活动

的朋友们聊天，更令我了解这古老大学今天的处境。

　　第二天早上，民宿主人载我去"思念之石"，它是离市中心不远的一座隐蔽小山丘，学生情侣们幽会的好地方。毕业离别前，他们把对城市、学校、情人、朋友的感情镌刻在石碑上，以求一切永不褪色。从十九世纪最初的一块诗歌石碑开始，现在泥壁上已镶嵌着大大小小无数石碑，满载历代学子心中的千言万语，科英布拉独有的法多（Fado）音乐也由此诞生。民宿主人告诉我，法多音乐通常用来抒发怀恋、追忆，以葡式吉他弹奏。他在网上找来一段法多短片，摄于某年五月的"烧带节"，学生们以焚烧捆书带的方式来庆祝漫长大学生涯的结束。只见一大群身穿黑袍的大学生，在离别之际聚集于教堂门前，男生们满怀深情地弹着吉他唱歌，用乐声诉说他们的秘密与忧伤；有些女生一边

科英布拉大学附近的 Largo da Portagem 广场

唱和，一边黯然流泪。传说从这里毕业的学生，在多年后某个时刻，心中都会听到从远方传来的科英布拉的呼叫，生命中早已忘不了这个地方。

潮起潮落阿威罗

葡萄牙人常说："我们是海上的民族。"从大航海时代的探险舰队，到往北大西洋捕鳕鱼的船队，船一直与葡萄牙的历史、生活相连。位于葡萄牙西部大西洋沿岸的阿威罗（Aveiro），也从商港发展起来。这小镇被潟湖围绕，两条运河贯穿市区，其支流切割出许多细长的水道。水道上小舟穿梭，彩绘的翘尾小船与拱桥交织出水上风光，让这里有"葡萄牙的威尼斯"之美誉。

运河两侧的房子贴满彩绘瓷砖，阳光眷恋浅蓝色的水流，在水面上跳跃着细碎的亮光。沿着河道散步，有船家向我招手，向我推介八欧元的运河游船门票。登船后，发觉船上全是巴西人、西班牙人，他们都听得懂葡语，所以讲解员在向所有人解说完后，才特别对着我说英文。能享受这"一对一的服务"很有意思，听着他讲解我也不时追问几句。

讲解员告诉我，阿威罗有三大传统产业：渔业、晒盐、制陶。在十六世纪，远征舰队发现北大西洋的纽芬兰渔场，渔产异常丰富，"踩着鳕鱼群的背脊就可上岸"。作为鳕鱼贸易中转站，阿威罗发展兴盛，其后得以被国王升格为城市。可是今非昔比，渔业由于鳕鱼产量下跌、港口日久失修而萎缩。这里高峰期时有超过二百七十个盐田，年产食盐六万吨，如今却仅存八个盐田；而手工制作的精美陶器，也因价格不敌廉价工厂，早已被放进博物馆了。途中，我们经过一大片潟湖，有纵横交错的小径分隔，应该是昔日的盐田或鱼塘。

建于上世纪初的鱼市场位于城市心脏地区，可惜正在维修，无缘参观。据说阿威罗的鳕鱼贸易就集中在这个市场，葡萄牙人也喜爱以鳕鱼制作的咸鱼马介休，并视之为"国粹"。还记得之前民宿主人说，光是马介休跟马铃薯两种材料，他们就有过百种配搭，然而澳门常见的马介休炒饭，他们却闻所未闻。有趣的是，马介休的原料——鳕鱼，并非产于葡萄牙，多数是从挪威、冰岛、加拿大等地进口的。

在波光船影之间，小船继续在运河上摇曳前行。讲解员说近年阿威罗多了来自亚洲的游客，他们以往多数只去里斯本、波尔图等大城市，而现在旅游业对当地经济日益重要，小镇名字逐渐出现在旅游书上。阿威罗的命运其实和澳门，尤其是路环，有几分相似，都是昔日的渔港、盐田，靠山吃山，靠水吃水。后来传统行业都式微了，开始以自身的历史遗产发展旅游业。今时不同往日，只有一阵阵扑面而来的海风依旧不变。

运河小镇的气息

在葡萄牙阿威罗这个渔港小镇，海的元素无处不在，市中心也铺满船锚和绳索交织的碎石路。走累了，在咖啡店品尝这里的特色甜品——"软蛋"（Ovos Moles），它是以白色、甜甜的贝壳形面粉皮包着蛋黄浆的一种小点心，对嗜甜的葡萄牙人来说绝对是佳品。

盒装"软壳蛋"在葡萄牙各地超市都有售卖，以阿威罗的最为正宗。咬开外皮，橙黄色的蛋黄有点像月饼的馅料，黏黏稠稠的，蛋浆在口内四溢。可是，这里咖啡店售卖的甜品多数已在玻璃柜内放凉了，如果奉客前稍加翻热，相信口感会更好。坐在运河旁的露天茶座，细味甜品和咖啡，耳畔传来阵阵海风声，享受宁谧优雅的下午。

沿着水道漫步，走进一间手工艺店，老板很热心地向我介绍手制陶器，还有工作台上正在制作的木雕，是阿威罗主保圣人的雕像。"生意一般吧！但在这小镇，都是这样了。"即使客人没有购买，老板也不会"黑面"（拉下脸来），他很乐意让人们在店内聊天、拍照。我还送了个澳门一元硬币给他，并展示我的绘画，交个朋友。

时间在这里仿佛放慢了节拍，一日之内，每条街道已来回两三次，连百货公司、公园也游遍，疲倦的身躯告诉我是时候回民宿了。在市中心跟民宿主人Mafalda见面后，她先载我去海风强劲的岸边吃葡挞，然后再到"三月嘉年华"游玩。吃过猪扒包、薯茸青菜汤后，我们去玩机动游戏"大钟摆"。在这个小城，嘉年华又如此偏僻，难怪这么少人了！我们就坐在机动游戏座位上呆等，工作人员看见我们不耐烦的样子，又不得不等候更多人来玩才开始，所以隔两三分钟就开动钟摆转几圈，然后又停下，到最后多几个人上来才开动。"我快要吐了！猪扒包在我肚里翻滚！"我们忘形地放声尖叫着，钟摆抛上抛下，叫得声音也沙哑了。

回到民宿后，Mafalda冲了一杯花茶给我喝，我也让她品尝我带来的玄米茶包。原来她身兼三职，正职是图像设计师，每月的薪金除了用来交五百欧元的房租，余下的大部分都拿来跟家人、男友去旅行，例如今年将会去亚速尔群岛、波兰和中国。在这个每月最低工资不到六百欧元的国家，能拿大部分积蓄去旅行实在不容易，但乐观的她不想受储钱买屋等负担所束缚。难怪有人说，在葡萄牙人的血液里，都有几分探险精神呢。

卡斯凯什的美国人

从水乡阿威罗离开后，我乘坐三小时的火车沿着葡萄牙海岸线往南行，在首都里斯本转地铁、火车，前往卡斯凯什（Cascais）。据说十九世纪的葡萄牙王室苦于里斯本夏日炎热，便在卡斯凯什选址修筑避暑山庄，建有夏宫和著名的海水浴池。由于国王的青睐，这个小渔港逐渐为人所知，许多富裕家庭纷纷在此建别墅、开庄园。

春夏时节的度假小镇，弥漫着懒洋洋的空气。到达卡斯凯什，我先跟民宿主人联络见面。这次跟之前的不同，不是二三十岁的年轻人，而是个美国退休大叔，名叫Rick，今年六十有六，因为屋子只有自己居住，便经营民宿接待游客。我们在小镇街道散步，只见一整列咖啡馆的桌椅从店内一直延伸到大街上，就如在波浪形的黑白碎石路上飘浮。走到滨海大道，碧蓝的浪涛展现眼前。在这辽阔的海湾，停泊着数百只漆成各种颜色的私人游艇和帆船。

我们随意选择一间咖啡馆坐下闲聊，Rick向我细说过去的经历。我奇怪为何他一个美国人会选择葡萄牙作为退休之地，而不是澳洲、新西兰等英语国家。原来他早已把美国的一切都卖出了，是名副其实的两袖清风、无牵无挂。目前他就在葡萄牙安顿下来，选择了一个宁静小区，报读葡文班融入当地社会。在此之前，他有时在各地的青年旅舍做木工，以换取住宿，又去过法国、西班牙、埃及、印度，每个地方居住数月。

或许是代沟的缘故，我们对时间有不同的概念，例如他可以三五年换一个地方长住，感受人生，而我这次的十二日葡萄牙之旅，对他来说可能就是去过等于没去。对，毕竟游客和当地人对一个地方的感知完全不同，只有避开旅游景点，在当地真正生活数月甚至数年，尝试代入"当地人"这一角色，待一时的新鲜感冲淡以后，才会发掘到返璞归真的美。

"那为什么一个人远道而来呢?"Rick 告诉我，他认为结婚是件很幸福的事，但要找到对的人相伴一生确实很难。他自己就曾离婚两次，两次婚姻事前都约定不生孩子，大家少了负担，个性不合就一拍两散。况且，人生不只有一条公式，做自己喜欢的事便行。嗯……果然很美国人! 不过，他绝不认为自己是一般的美国人，他说他们有部分国民觉得美国是世界的中心，没有兴趣了解其他文化，去到哪里都只懂吃麦当劳。

谈着谈着，夕阳已消失于大海之中，我们回家一起煮晚餐。民宿主人的生活很有规律，每天吃蔬菜沙拉、少许肉类，还教我如何选择各种调味料，如橄榄油、黑醋等，搭配成鲜美的西红柿沙拉。我们又畅谈澳门的事情，说海峡两岸与港澳地区的文化异同、历史沿革、生活习惯等。他又提到完全不能理解亚洲的蹲厕，还有街市中的活鸡。

Rick 是我所遇见过最有趣的民宿主人，对每个话题他都有独特见解，句句都是经验之谈。比起这里的海岸风景，我更有兴趣了解他过去的故事，以及他对生命的看法。

里斯本！食老本？

在葡萄牙游历一个多星期后，终于到达旅程终站——首都里斯本（Lisbon）。这里，市区内坡街遍布，故有别名"七丘之城"。在坡道上缓缓行走的黄色小电车成为里斯本的特色标志，配上背后的古老教堂、民居，随手一拍都是一幅风景画。

到达里斯本，首先要换乘地铁前往民宿。这里的地铁分红黄蓝绿四条线，每个站牌配以不同的主题图案，如帆船、罗盘等。彩绘瓷砖画当然更是遍布各个车站，难以想象的是有些月台的路面也铺满抛了光的碎石，可见他们对美的追求。这两晚接待我的民宿主人，是参加伊拉斯谟国际交换生计划的西班牙人Abraham，他就住在市中心的自由大道附近。相比起破旧的波尔图，里斯本在地图上看起来像是经过精心设计的，在山丘之间的平地上，自由大道是一条贯穿南北的中轴线，方格状的规划向两边延伸；穿过三四个大广场，便直达沙滩，面向大海。

这种有条理的规划，源于十八世纪中期的里斯本大地震。那时受地震、海啸、火灾三重灾难夹击，殖民帝国首都接近九成建筑物遭摧毁，昔日光辉已注定一去不复返。可是当时皇室把握灾后重建机会，重塑城市轮廓，兴建了新的市中心，大建广场和拓宽道路，从中亦反映出葡萄牙人对碎石路的热爱。例如在最重要的干道——自由大道上，甚至以"解像度"更高，即颗粒更小的碎石来铺砌精致的图案。在城市重建的工程中，这种道路设计应用到全国各地，成为身份标志。Abraham指着碎石路笑言："看这里的行人路，就知道他们为何濒临破产了。"

尽管四十多年前的"康乃馨革命"标志着葡萄牙军官推翻了数十年的独裁政权萨拉查，但国家现时的经济危机也令人民笑不出来。当地人说政府为了还债，所有开支都要削减，影响民生。当初要实现的理想社会，好像到今天还未成真。据闻葡萄牙人有这样一句话："在波尔图工作，在布拉加朝拜，在科英布拉学习，里斯本只会坐着收钱。"

　　接着，我去到海边的贝伦区，走到朝向大洋的航海纪念碑。这是一座巨大的帆船型石雕，抬头可见殷理基皇子站在船首，带领达伽马、麦哲伦等一众航海家打江山。民宿主人在这里生活了一年多，感到不少老一辈的葡萄牙人对以往的事迹仍津津乐道，总是在"食老本"。但所谓长江后浪推前浪，从过往航海版图横跨南美、非洲、东南亚的海上霸主，到如今低调内敛的欧洲最西

里斯本随处可见的碎石路

端的小国，葡萄牙就像曾经红极一时的演员淡出大舞台，云淡风轻地过着日子。

一切不曾发生，直至它被描述

这十二天的葡萄牙之旅，与我以往的旅行相比，方式截然不同。过往好像在不同的布景板之间游走，每个景点拍几张照便大功告成；而这次事前要准备机票、查看火车时间、寻找民宿、安排旅游路线等。寄宿在当地人家里，像翻阅一本本不同的书，内容往往不能由封面来推测，必须细细发掘和品味。

其实，除了波尔图和里斯本两个大城之外，葡萄牙的市镇大同小异，都是教堂、瓷砖、碎石路；只有城市的主角——人，才会令访客感受到这里的特色。而这些交流、体会，在过去几个月的文章中都有提及。

还记得在里斯本的最后一天，我把握临去机场前的最后两小时在市区闲逛，希望看尽遗漏了的风景。

途中，我路经一间邮票钱币店，偶然瞥见橱窗内有一枚澳门纪念币，只售三欧元。这枚硬币是一九九六年发行的，正面铸有帆船和东望洋灯塔，下面刻着"一五五七年"。据说在这一年，广东官府出于私利而开始默许葡萄牙人到澳门定居，此后整块澳门土地逐渐归葡萄牙所管。至于硬币背面，则是葡萄牙国徽、龙和大三巴牌坊。

离开小店才走了几步，又看见原来还有葡萄牙人到达中国台湾岛的纪念币……好，就把它们都买下吧，当作独特的"战利品"。在这枚硬币上，有一艘雄伟的西洋船舰，旁边则是中式小帆船，代表当时积弱的中国。

拿着这几枚硬币，我仿佛握着历史长河的某几个片段，心满意足地踏上归途。

假期即将结束，回到伦敦后继续学习、生活、准备期末考。在忙里偷闲之际，逛超市、买咖啡的时候，常会想起葡萄牙人挂在口边的那几句"Ola"（你好）、"Obrigado"（谢谢），脑海又浮现出那些价廉物美、金黄松脆的葡挞……世界是那么大，生活方式是可以如此多元丰富，我在这一刻体会到那句"游于是乎始"的意义。把一切整理、写下，算是对旅程瞬间的记录。

英国作家弗吉尼亚·伍尔芙（Virginia Woolf）曾说过："一切不曾发生，直至它被描述。"世界无时无刻不在上演着什么，然而曾经发生过的事件，或大或小，如果未曾进入你我的认知中，就个人意义来说，它们就都没有发生过。等到谁人以某种形式把讯息描述出来，让你在某个时刻拾取到它，它才开始在你的世界中呈现意义。然而，意义也仅是属于个人的，每个人眼中的那方世界，都依照其认知和感受去解读。

我要重新认识你

在葡萄牙旅游期间，每次跟当地人或民宿主人提起澳门，总有两种反应：一种是完全没有听过这个地方，一种是知道这个地方被葡萄牙殖民统治过，然后就问我为何不懂葡文。有些人会问："老一辈应该懂吧？"但澳门人自然知道答案。刚来到葡萄牙，已觉得与澳门非常相似，但澳门又不单纯是葡萄牙的复制品，而是保留了原有的中华文化。

说到葡萄牙的社会，有位民宿主人曾告诉我，在二〇〇二年欧元正式流通后，物价上涨了好几倍，银码虽然一样，但货币不同。可是另一方面，当地人对"葡萄牙制造"的观念也逐渐改变，以前葡萄牙产品被认为质量不及其他欧洲国家，现在人们会以之为荣，如红酒、腊肠、橄榄油等。

曾经有位大学教授说，当她问学生们"最后一任澳督是谁"的时候，竟然没人答得出来。我是在回归前几年出生的一代，对葡萄牙并没有多大的亲切感与认同感。我不学葡文，不懂葡萄牙历史，没有葡萄牙朋友，就算有几个土生葡人朋友，他们也不太懂葡文。我对澳葡政府、葡萄牙历史只有片面认知，而这些很多都是从参与一九六六年"一二·三"事件的爷爷口中得知的。但澳门就是"一个宁静的小渔村，被葡萄牙殖民统治四百年，回归后逐渐变成繁华大都市"吗？我什么都不知，还说"爱"她？

生于古城，不知其故。旅程结束后，我开始上网查阅一九六六年"一二·三"事件、一九七四年"康乃馨革命"、一九九九年澳门行使主权移交等的波折历程，这才让我知道原来澳门早已牵涉于亚欧的国际关系，甚至周旋于当时的资本主义与社会主义阵营当中。对，澳门在地图上确是"细过微尘"，但生于斯长于斯，就算用放大镜看、用显微镜看，我也要了解她更多。

（二〇一五年六月—八月）

▶▶ 德国见闻

慕尼黑·欢乐啤酒节

近年来，越来越多的城市举办啤酒节，以此作为商业旅游节目，但要说最正宗的，当然是每年九月中到十月初的德国慕尼黑啤酒节，这项盛会今年已迈入第一百八十三届。刚踏出慕尼黑火车站，已见绝大部分人群都身穿传统巴伐利亚服饰，向同一方向前进，仿如回到古代参加嘉年华大会。男士们上身是醒目的格子恤衫，配咖啡色背带牛皮短裤，女士则穿着色彩鲜艳的紧身连衣裙。

今年德国遭恐怖袭击气氛笼罩，整个啤酒节场地严密围封，只开放九个出入口，且入场者如携带任何袋子都必须在场外存放。可是，如此安排亦无损民众兴致，大家在全场十二个大型啤酒帐篷中穿梭游逛，品尝金黄啤酒，并大吃传统美食如烤猪手、烧鳟鱼、大肉肠、扭结咸面包等。即使要跟别人"搭台"（拼桌），只要无碍聊天饮胜（干杯），大家都能成为朋友。

会场内不准带瓶装水，所以口渴时就要买一公升装的大杯啤酒了。若有人屁股痒站到椅子上，就表示他要向众人干杯，全场顿时大唱"干杯歌"，在歌声完结时同声高喊"Prost!"，然后举杯一饮而尽。

慕尼黑欢乐啤酒节

　　除了琳琅满目的啤酒屋，现场更设有老少咸宜的机动游戏区，看见孩子们皆穿着格子衫、碎花裙，更觉可爱。这里有过山车、碰碰车、摊位游戏等，没太大特色，但最令人难忘的，当数名为"魔鬼转盘"的娱乐活动。帐篷内的地面上镶嵌着一个可容纳几十人的大转盘，游戏开始后，转盘便越转越快，坐在上面的人要出尽全力留在转盘上，不然便会被抛出去。看着人们慌乱地以各种姿势翻滚爬，大家的情绪也随之更加亢奋。

　　入夜后，啤酒屋、游乐场和摩天轮亮起闪烁彩灯，更令人陶醉于这快乐之地。

　　不过，这也意味着人们已喝了一整天啤酒，街头出现越来越多东倒西歪的醉酒汉。既然已经吃饱喝足玩够了，就是时候返回住处休息，把欢笑带入梦乡了。

（二〇一六年十一月十六日）

寒夜暖意·纽伦堡圣诞市集

圣诞节逛市集，是很多欧洲国家的传统节日项目。去年圣诞假期，笔者就跟两位朋友由伦敦飞往德国纽伦堡，探访这个全欧洲最大的圣诞市集！据说这种市集最先出现于德语地区，而有四百年历史的纽伦堡圣诞市集，早已成为世界各地同类市集的样板。

纽伦堡圣诞市集每年都由全身金光闪闪的圣诞少女主持开幕，她站在教堂阳台上，身旁伴有小天使和乐队，张开双臂热情欢迎世界游客："曾经的小朋友和今天的小朋友，无论明天怎样忧愁，你们今天都是充满喜悦的。在这圣诞前的四个礼拜，请重新享受孩童的欢乐，欢迎来到这个由木头与彩布建造的圣诞之城！"

灯饰高挂佳节近

踏出纽伦堡火车站，只见一圈完整的城墙守卫着古城，穿过城门，便到达由粉黄碎灯和圣诞彩条点缀的石板大街。原来早在圣诞节来临前的一个多月，纽伦堡全城已开始张灯结彩，中央广场立起高大的圣诞树，街头小店也把橱窗布置成耶稣出生的马槽。这里的市集除了有一百八十多档红白相间的帐篷摊位，还有旋转木马、小型摩天轮和小火车等，适合大小朋友手牵手来游玩。

地道美食暖透心

逛圣诞市集，就要空着肚子来，边走边品尝地道小食，让肠胃慢慢暖起来。不论在德国哪里，最流行的摊档当然是烤香肠夹面包，而纽伦堡这里有地道的"纽伦堡小香肠"，以圆面包加点芥末和酸菜，夹着烤至金黄的脆皮小香肠，吃下肚子，顿时补充了维持体温所消耗的热量！

寒风萧瑟，吃纽伦堡小香肠，当然不能没有经典热饮热红酒，这种"酿坏了的红酒"最适合加温在冬天喝，用印有圣诞市集图案的小瓷杯装着，加入肉桂、柑橘皮、豆蔻、八角等香料调制而成。虽然我不习惯浓烈的味道，但喝上一杯顿觉舒畅起来，暖洋洋的，甜在心头。

传统手艺富喜感

纽伦堡自中世纪已有"玩具之都"的美誉，曾是德意志帝国的玩具制造中心。这里以河道运输附近的林木，城市本身又有蓬勃的工匠行会，各种精巧工艺品早就驰名几百年，这次去圣诞市集，当然要欣赏五花八门的手工玩具！

纽伦堡市集有特色干果小人偶，它串起无花果和梅干作四肢、配上绘有快乐表情的核桃壳，并穿着传统服饰，每张圆圆小脸都笑眯眯的，令人爱不释手。木工艺品雕刻精致，平日严肃的圣像全都被卡通化，有可爱的圣母圣子、小天使乐队、东方三王，还有耶稣降生的马厩和小动物，可以开间迷你动物园了。另外，袖珍德式房屋模型也十分吸引人，买几间回来可拼成一个村。又有通透的圣诞灯座，点燃一室温馨。我想，圣诞老人给小孩子的玩具大概就是在这里搜集得来的吧。

不过我们背包里可没空间放这些东西，还是专心寻找小纪念品和明信片好了。在小木屋灯海之间穿梭游逛，遇到精美的手工艺品便驻足欣赏，嗅到扑鼻而来的香气就让它引领脚步寻找美食，这是属于冬日的幸福。圣诞少女已经下令，大家一起开心逛市集，重度童年！只要纽伦堡存在，圣诞市集的欢笑就永不消失。

tips

旅行小锦囊

圣诞邮品：德国邮政每年都为纽伦堡市集发行漂亮的圣诞邮品，在市政厅前有邮局摊位，可购买圣诞纪念信封、邮票、明信片等。从这里寄出的明信片还会盖上圣诞限定邮戳呢！

（二〇一七年七月十五日）

▶▶ 感受古文明·希腊

圣托里尼·梦幻夕阳

　　希腊近年虽饱受经济萧条冲击，但无损旅客到访的热情。皆因全国拥有一千五百公里长的海岸线，还有星罗棋布的岛屿群，点缀着蔚蓝的爱琴海。来到这里，感受悠久的古希腊文明，顿时明白为何古人会在这里构想出天马行空的希腊神话。

　　圣托里尼（Santorini）是爱琴海诸岛中最广为人知的一个，全因其蓝白小教堂和日落景致。这里面积九十六平方公里，有居民一万人。由于此岛在史前时期是巨型火山口，整个岛屿呈半圆形，火山土十分肥沃，培养了独特口味的农产品，如西红柿、葡萄等，形状细小而味道浓郁。而且，这里的沙滩多是黑色的火山砂，颗粒较大。

　　岛上主要景点集中在首府费拉市和西北端的伊亚市。漫步费拉市，依山而建的各式小楼映入眼帘，层层叠叠，几乎所有外墙都粉刷成白色，达到散热效果。只有那教堂拱顶被漆成天蓝色，点缀在纯白的建筑群中，这也许便是女孩子的梦幻婚礼美景吧。

　　若不选择租车自驾，去岛上各个小镇都要坐巴士，好在巴士班次频繁，到深夜也不怕回不了旅馆。此外，游人亦可参与各样水上活动，如潜水、乘香蕉船等。这次初学潜水，幸好遇着非常细心的教练，他只负责两个学员，以防"走漏眼"。虽然教练不会带初学者去深海看珊瑚，可是在海底四五米，大量鱼群擦身而过，已是前所未有的体验。

圣托里尼的夏季日落时间约为下午八时，在七时多乘巴士赶往欣赏日落的胜地伊亚，发现早已是人山人海。登上小岛最西端高处的旧炮台，那里站满操不同语言的游客，中国游客也不在少数。摄人心魄的金黄色"咸蛋黄"缓缓没落在海平面，配上栉比鳞次的依山小楼，眼前所见的，正是被誉为"世上最美丽的夕阳"之景致。

当太阳消失于爱琴海之中，相机、手机的"咔嚓"声也渐停，众人仿佛欣赏完一场紧张精彩的表演，松了一口气，连连拍掌叫好。

（二〇一五年十一月十八日）

塞萨洛尼基·夕阳扬帆

塞萨洛尼基（Thessaloniki）是希腊仅次于首都雅典的第二大城，《圣经》中称"帖撒罗尼迦"，因它坐扼爱琴海，自古以来就是繁荣的贸易港城，在两千年前曾是马其顿帝国的首都。

整个城市古迹处处，时常可见街道中心有庞大的考古遗址，如罗马市集、剧院、宫殿等，发掘后原封不动，四周架起围栏。这些露天古迹没有游人打扰，成了猫儿的好去处，它们就悠闲地躺在破砖、柱座上晒太阳。

保存古建筑最完好的上城区，没受战乱和火灾影响，被列入世界文化遗产。上城区遍布奥斯曼时期的遗迹，如精致的木屋、石砌的东正教堂等，其中甚至有耶稣使徒保罗讲道之处，但因被破坏，一些教堂壁画被凿上一个个洞。闲逛之际，刚好有民俗舞摄制队伍在教堂前拍摄，穿着传统服饰的舞者随音乐起舞，整个场景顿时洋溢着古韵。盘绕而上的街道直至全城最高点，有一列连绵的古城墙，从此处可遥望大洋。

沿着下坡路前往海滨城区，这里的街道笔直，还有建于十五世纪、如今已成为塞萨洛尼基标的的白塔。这是一幢圆柱形建筑，原为军事防御，后来变成监狱，现在是历史文化博物馆，人们还能登上塔顶乘凉。白塔坐落在港边，是休闲放松的好去处，黄昏时分可见许多年轻人在附近漫步、钓鱼和玩滑板，热闹而悠闲。

在白塔外的码头，可乘坐巨型的"海盗船"出海兜风，游船每半小时一班，在近岸海域游一圈也是半小时左右。人们在两层高的船上把酒谈天，享受希腊流行乐曲。游人免费登船，只需付饮品费用，所以不妨在船上一尝当地著名的啤酒，配上花生、果仁等小吃，惬意地欣赏城市景色。在灿烂的夕阳下，微风从脸上吹过，耳畔响起音乐、浪涛和海鸥声，顿时发现了最简单的快乐，真希望时间就此凝固。可惜民宿主人已在等候，不然定会多坐一程游船。

在波光船影间，杯中洁白的泡沫不断跃动，滔滔海水不绝流淌，日落后的塞萨洛尼基继续生生不息。

（二〇一六年二月三日）

米科诺斯岛·牛奶饼干路

　　米科诺斯岛（Mykonos）是爱琴海上的一个希腊小岛，以热烈迷人的夜生活、阳光充足的海滩、雄踞山顶的风车群而闻名，成为继圣托里尼岛之后的度假胜地。在希腊神话中，米科诺斯是宙斯和巨人族圣战的地点，也是一个补给处和避难所。

　　小岛上街巷纵横，绝大部分房屋墙壁都漆成白色，配以蓝色的栏杆、窗户，还有满载鲜花的木阳台，洋溢着岛民悠闲的生活情趣。路面虽以普通的咖啡色圆形石块铺砌，但当地人别出心裁地在上面以白色油漆为每块石块"框边"，白咖相间，看起来宛如一块块漂浮在牛奶上的甜饼干，充满甜蜜感觉。"牛奶饼干路"这个名字，就是笔者由此自创的。在夏季这段黄金时光，大家都穿着背心、拖鞋四处游逛，或在镇上酒吧小酌一杯，或是品尝鲜美的海鲜。

　　米科诺斯岛有两个最著名的沙滩，一个是风筝冲浪集中地，另一个则挤满沙滩椅，供游客晒太阳、游泳、开派对。为了省下租沙滩椅的钱，我便把背包和衣服放在野餐用的大方巾上，然后跳进海里畅泳。在清凉的海水之中，无数小鱼儿从身旁窜过，实在令人开怀。

　　黄昏时分，沿着岸边走一条上坡路，到达米科诺斯岛的标志——山丘上的五座大风车。它们有点像澳门的东望洋灯塔，但外表较粗犷，雪白的塔身配上稻草盖成的圆锥顶，雄踞天际线，十分霸气。它们都朝北，以获取最大风力，在风车磨坊加工的小麦，更曾是当地居民最主要的收入来源。

抬头仰望风车，低头俯瞰全城，滨海处有一列被誉为"小威尼斯"的小屋群。它们高两三层，有阳台悬于半空，是观赏日落的绝佳景点。这时橙红色的"咸蛋黄"缓缓没落在海平面，配上栉比鳞次的小楼，相机、手机的"咔嚓咔嚓"声不断，众人仿佛在欣赏一场紧张精彩的表演。突然，一个白头浪拍打上来，激起水花，人们纷纷闪避。

　　晚上徜徉在迂回的小巷中，有很多纪念品店、露天食肆，但最特别的是不少分散于此地的艺廊，售卖的不是工厂式生产的油画，而是别具个性的原创作品。画廊主人告诉我，他们会联合其他同行，定期邀请各国画家举办展览。交谈过后，我认为米科诺斯岛利用自身的旅游业口碑，带旺文化创意产业，并鼓励艺术家进行文化交流，这种经验值得借鉴。

在米科诺斯岛观赏落日

翌日早上到达码头后，我把握仅余的半小时，把行李箱搁在一处，只为将临别一刻的岸边景致拍摄下来。最后，离开"牛奶饼干路"，登上巨型客轮，向雅典启航，再由那里飞到澳洲的布里斯班，参加姐姐的大学毕业典礼。在船上望着逐渐朦胧远去的米科诺斯岛，心中仍回味着醉人的蓝天、白屋、石板路，同时又兴奋地期待着三十个小时后，脚下又是另一片土地。

（二〇一六年二月二十七日）

▶▶ 马其顿际遇

奥赫里德湖透心凉

奥赫里德湖是位于马其顿西南边境的淡水湖，在该国一侧小镇奥赫里德，遥望对岸便是阿尔巴尼亚。此湖辽阔秀丽，最深处达三百米，已被列为世界自然文化遗产。奥赫里德是全马其顿最发达的旅游城市，游客远多于首都斯科普里。

早于九世纪时，奥赫里德地区便是斯拉夫世界的基督教文化中心，发源于此区域的西里尔字母，至今仍通用于不少斯拉夫语族。后来保加利亚沙皇更将这里定为国都，所修筑的塞缪尔堡垒居高临下，如今仍守护着城市，见证了奥赫里德昔日的政教中心地位。

跟炎热干燥的马其顿其他地方相比，临湖的奥赫里德有着独特气候，相当清凉湿润。在这个无边无际的淡水湖里，成群的银色小鱼在水草间游弋，鱼鳞闪烁着太阳的亮光，翠绿的水草缓缓摇摆，仿佛在向游人招手。脱掉上衣，一头跳进湖里，顿时充满清凉快感。在淡水湖游泳还有另一个好处，就是干了后十分清爽，没有在海水中游泳后的味道和不适感。

夏日时节，整个城市沉浸在古老民歌之中。舞台是湖畔大道，布景是整个古城，以落日照明。到访那天，刚好有个国际民俗舞表演，演出者来自欧洲各国，穿着色彩鲜艳的传统服装，或围圈踏脚拍手、或模仿年轻男女谈恋爱的舞蹈，配上欢快的节奏，让游人感受到巴尔干的文化风情。

奥赫里德还有个露天古代剧场，每年都会举办为期一个月的夏日音乐节。阶梯状的观众席利用地理条件依山而建，在这里可以望到民居的点点灯光、平静如镜的湖泊，还有满目繁星。即使场场爆满一票难求，也可跟当地人一样，坐在剧场外围的草地上，喝着啤酒，欣赏国际化的文艺节目。

整个湖畔小城充满生命力，游游泳、听听音乐，宜人的气候和湖边吹来的阵阵清风，凉透心扉。

（二〇一五年十月二十八日）

比托拉的黄昏曲

比托拉（Bitola）是马其顿西南部的重要城市，在奥斯曼帝国时期曾是政商中心，十多国领事驻于此地，有"领事之城"之称。去年暑假，我由马其顿首都斯科普里前往这里游览一天，民宿主人Nicola让我借宿一晚。

这是一个简朴的小镇，虽然民宿主人的房子附近看来是个穷小区，房屋外墙破落，但跟他走在路上，见不时有大朋友、小朋友向他打招呼，甚至要合照。为什么呢，街坊邻里关系好也不用见面就拍照吧？咦，路边墙上的剧院海报竟然有他的样子呢！原来他已做了八年话剧演员，经常巡回各地表演，胖嘟嘟又风趣的形象令观众一见难忘。

放下行李后，Nicola带我去大街找他的朋友吃午餐。街道两边全是咖啡店，无所事事的年轻人就买杯咖啡闲坐一整个下午，因为这里经济不振，人均月薪只有一百五十多欧元。我们在一间茶座品尝这里著名的"烤芝士"，这是一种烤溶了的芝士，拌以火腿、西红柿碎，用香脆的芝麻面包蘸着吃。开头几口确实美味，芝士味道十分浓郁，吃完整碟却有点腻。Nicola这时跟我说起这里的社会百态，令我知道马其顿的政治风气颇为保守，例如有次他在脸书上批评政府，竟被执法人员打电话来警告并要求删除留言，否则关闭他的剧院。他又告诉我比托拉有一间中国餐馆，以及当地有种卡牌游戏叫"Macau"。

接着，我们去了公元前四世纪的古城遗址赫拉克里亚，别以为这里只有一堆破石，Nicola前几天才在古城的露天剧院演出过。这个呈半圆形的剧院依山坡而建，加添一些灯光和音响设备便可使用，是文物活用的最好体现。

民宿主人有公事在身，我独自在有六百年历史的旧市集闲逛。纵横交错的小巷分布着众多商铺，但它们没有像其他地方那样旅游化，全都是卖衣服、电器等平民用品。

忽然，某个角落传来动听的歌声，我以为附近有表演，便去一探究竟。只见小巷尽头有几张露天茶座，两个伯伯坐着听两个阿姨唱歌，桌上放满酒瓶，而老板正在店内弹琴。我本打算离远拍一张照便离去，却被伯伯发现了。他热情地邀请我坐下，还为我点了几瓶啤酒，不断摇手叫我不用付钱。

起初我也有点不知所措，不过两位伯伯对我这个偶然相逢的亚洲男生非常友善，吃力地想说几个英文单词，却怎样也想不出来，只好跟我笑着说句"Sorry"。他拿来一张纸条，让唱歌的阿姨写出他的名字给我看。在夏日的清凉微风之中，伯伯们听着怀旧歌曲，仿佛年轻了几十岁，时而跟着哼唱，时而站起来扭动身体，一时兴起还塞钱进阿姨的裙子里。

"比托拉——比托拉——啦啦啦——啦啦啦——"虽然我听不懂半句歌词，但知道这首歌是关于比托拉的，也许是表达他们对这个小城的热爱吧。转转圈，拍拍手，踏踏脚，跳跳舞，桌上的空啤酒瓶越来越多，大家的身体也越来越飘忽。看一看手表，原来已经晚上九点了！夏日的黄昏真的特别悠长。道路是相逢的场所，怀着一份闲情，敞开心扉交流，随缘偶遇最令人感动难忘。

（二〇一六年五月十三日）

▶▶ 西班牙拾趣

马德里的锣鼓声

继上次在伦敦看完花灯大会后，笔者趁着周末假期，和朋友到西班牙首都马德里一游。这天是二月十三日，农历正月初六，抵达当地机场，正想去咨询处拿取旅游资料，刚好看见当地华人小区的新年庆祝活动宣传单，原来两个小时后便有巡游庆典！

即使昨晚通宵奔波已疲累不堪，但好奇心仍令我十分兴奋。放下行李后，便匆匆赶去华人小区乌赛拉（Usera）。一出地铁站，满目尽是中文招牌，餐厅、旅行社、美容店、书店，皆是斗大的中文字，西班牙语则瑟缩一角。我曾去过伦敦、旧金山、悉尼等地的唐人街，街道都有牌楼、石狮子、中文路牌等标志物；虽然马德里这个华人小区只有三十多年历史，尚未有如此大的"势力"，但每间店铺都获华人商会赞助，门前挂着一串串大红灯笼。

沿着人潮前进，锣鼓声渐渐响亮，领头的舞龙队伍也现身了。伴随其后的，有当地中文学校的小学生彩扇花鼓队伍、"大妈"剧团，还有黑人大哥表演舞狮。虽然突然下起骤雨，可是热闹气氛不减，除了街道挤满人潮，两旁的窗户、骑楼也伸出一张张好奇的笑脸。舞龙队伍每走进一间商户拜年，老板都会马上拿出利是，高兴地拍掌叫好。我跟身穿戏服的姨姨交谈，她说她在表演浙江的越剧，用当地方言演唱；她在这里三十多年，有空就会去附近的华人小区中心"长青俱乐部"，练戏剧、办聚会、聊天过日子。

在这个华人小区，我感受到中国传统文化已深入华侨血脉，他们用这些活动来维系感情。据说乌赛拉的华人已或租或买得到越来越多的物业，本地人也陆续外迁，老华侨都憧憬着把唐人街牌坊树立于街道的那一天。海外华人希望凝聚同胞，建立情感依靠固然容易理解；但华人聚居区给华商带来生意之时，也把华人一步步孤立起来，在"城中城"内说中文，吃中餐，按自己的习惯生活，浑然不觉华人小区与当地社会之间的关系。

如今，乌赛拉已有近一万华人，人们说这里的商业模式是"自给自足型"。普遍声音都希望移民团体保留自身的特色，同时与其他族群和平地交流，拆掉"围城"四周无形的墙，以开放的心态完善脚下多元文化并存的土地。

初春暖阳 · 马德里

趁着二月中一个周末假期，和朋友柏濠到西班牙首都马德里一游。这次旅游时间不多，只集中在旧城区。老城古迹处处，十分适合步行，而每条街道都有瓷砖路牌，最特别的是每个路牌上都有一幅与街名对应的图画，如"伊莎贝拉二世广场"有女王肖像，"天使斜巷"则有彩云和两个小天使……这样的设计，不知是否为了让不识字者也能认路，却绝对增添我们漫步街巷的乐趣。

阳光和煦的周日早上，最适合逛市集。在西班牙最大的跳蚤市集"埃尔拉斯特罗"，摊档货物五花八门，如原创首饰、二手衣服、老唱片，还有西班牙风味的扇子、球衣、瓷器等。真想把所有小玩意都带回家，但把它们收进相机里，总比塞进行李里容易多了。

初春暖阳，冬意未散，风力仍很强劲，踏入皇家庭园丽池公园，头发被猛烈强风吹得变形。甚具气势的阿方索十二世纪念碑雄踞大型人工湖中央，铜像两旁呈半圆形的柱廊把湖泊环抱其中，情侣在湖上泛舟，陶醉于波光船影之间。乌龟躺在木板上晒太阳，天鹅优雅地在水面游弋，如果没有强风的话，我也想躺在草地上。这花园还有个以玻璃和钢铁筑成的"水晶宫"，名字和外观都非常浪漫，据说在一百三十年前建成之时，曾用以展示从殖民地菲律宾搜罗的奇花异草。如今此馆却空空如也，只悬吊着一块块似是化石的骨头，应在举行某种展览。

马德里是昔日航海大国西班牙的首都，帝国的财富从皇宫就能反映出来。与代表世俗政治权力的皇宫相对的，便是标志教会信仰权威的主教座堂。

皇宫开放参观的房间甚多，沿着路线会经过钟表廊、瓷器室、待客室、宴会厅、君主宝座等。每个房间都有不同主题，也有各种色彩的丝绒墙壁，个性鲜明，每踏入一处都是惊喜。这里还有几个"中国风"房间，有不少中式、日式花瓶和瓷器，反映了当时皇室对东方的好奇。

走了一大段路，双腿和肚子告诉我们，是时候坐下品尝西班牙美食了。西班牙最著名的佳肴是风干火腿，不经煮熟，盐腌风干，后腿最为肥美。风干火腿不是纯粹以牌子来决定价格，而是以猪的品种、饲养方式、产地、所采用的部位，以及腌熏和风干方法来区分级数与售价的，是一门细致的学问。火腿店内一排排大猪腿高高挂起，店员熟练地以机器切割出薄得透光的肉片，上面还泛着油脂。然而我们所吃的面包夹风干火腿腊味太重，而且想到这是生肉也令人不太习惯。最后我们点了炭烧八爪鱼、铁板牛扒、西班牙海鲜饭等地道名菜作为晚餐，度过悠闲的周末。

（二〇一六年二月—三月）

▶▶ 奥地利之旅

相聚奥地利

葡萄牙莱里亚、奥地利维也纳、英国萨里、英国伦敦——中学毕业后，四个朋友在欧洲各地奔走前程，却约定于大学一年级的复活节假期腾出一星期，于奥地利相聚。凯莉分享葡萄牙热情的邻居如何拿她当亲生女儿般看待；恩乐说在维也纳一边练小提琴，一边学习德文有多伤脑筋；宏浩和我则比较英国萨里郡和伦敦市的不同风貌。

这次奥地利之旅共六天，第一站是维也纳，由留学于此的恩乐担当我们的导游。虽然我在第一天因太早到机场而睡过头，错过了航班，要再买机票并在苏黎世转机，可是晚上还是安然到达了。之后我们去吃了火锅，这间店以像回转寿司那样的自助形式取食材。恩乐把输送带上的炒螺都吃光了，更不断叫侍应端更多过来，一边笑说自己是"螺男"，一边又怕吃得重金属超标。

晚上，我们打完麻将后跟在澳洲悉尼读书的思琪视频通话，得知她前几天才去看了袋鼠。可惜澳洲的上学和假期时间完全跟欧洲、亚洲颠倒，未来都很难见面了。其后，我们到了阿尔卑斯山麓的萨尔斯堡，在莫扎特故居有部即影即有明信片机，可以制作印有自己样子的明信片，一人一张寄回家。接着再由萨尔斯堡到雪山环抱的哈斯塔特湖一日游，虽然盐矿、登山缆车和人骨教

堂都因淡季而暂时关闭，令人十分失望，不过幸好也能游船河
（坐船游览）和沿着堤岸漫步。

跟中学朋友聚在一起，自然回想起中学事，但若问我想不
想时光倒流再读中学，我却更向往未来，因为现在的我有更好的
能力和对世界更大的好奇心，还仰赖父母支持让留学计划得以实
现。我已安排今年暑假去巴拿马，跟学校义工团体做环保工作，
同时去了解巴拿马运河对世界经济的作用。我亦想踏足高加索地
区的格鲁吉亚、亚美尼亚、车臣，看看当地人是否仍活在苏联的
影响下。还有巴尔干半岛的小国，回顾它们在南斯拉夫解体后
"七国咁乱"（混乱）的内战史。

在大学几年间，这些内心的冲动大概都可实现。只是世界
太大，青春太短，而且终有一天要安定下来。难道可以每个地
方住几年吗？但即使仅是走马看花，亦要有目的、有价值，增
加自己的修养。此刻脑里浮现出一句歌词："可笑，多么可笑，
自觉渺小；还说笑，不经不觉，大个了多少。"同学们还好吗？
可能有时我们都太忙，没心情也没空找对方闲话家常。去完旅
行后，又要回复战斗状态准备考试，只愿"大步槛过"（顺利通
过）。我们都需要自己的成长空间，上学的时候拼尽全力，等到
暑假了，游遍世界后便回到熟悉的澳门再见面。

维也纳的古典与破格

维也纳是奥地利的首都，素有"音乐之都"的美誉。此城
的古典文化氛围培育了无数音乐家，大街上也有很多宫廷装扮的

音乐会售票员兜售门票，可见这里音乐产业兴盛。

维也纳古城遍布宏伟古迹，圣斯德望主教座堂位于旧城区中央，是地铁线的交汇点。游览完华丽的教堂内部，更可爬上其南面塔楼的三百四十级旋转楼梯，从塔顶饱览全城景致。在顶层的观景台有间纪念品店，询问员工是否每天要爬漫长又狭窄的楼梯上班，他笑答："这是唯一的方法。"

由圣斯德望教堂坐地铁，可直达超过三百年历史的美泉宫。这是一座巴洛克式建筑，属于世界文化遗产。在三月复活节期间，皇宫前面有个大型复活节市集，各式摊档琳琅满目，手绘复活蛋层层叠叠堆放在一起，其画工精致，颜色灿烂，一只只彩蛋标志着春天来临。在宫殿后方的御花园，一座凯旋门屹立于山丘之巅，附近还有植物迷宫和游乐场，让人乐而忘返。

别以为维也纳只是个寻常的欧洲旅游城市，在维护传统的同时，这里也产出了个性鲜明且勇于破格的艺术家，为市貌添注一点缤纷。

"百水屋"是一所由佛登斯列·汉德瓦萨于三十年前设计的公共房屋，因其姓氏"Hundertwasser"中文意译为"百水先生"而得名。在一片古色古香的房屋群里，突然冒出了一幢怪异的"树屋"，攀藤布满墙壁，小树从骑楼内伸出。百水先生以超脱界限的想象力和对自然的热爱，颠覆了人们对公共房屋的刻板印象。

"艺术之家"是百水的另一杰作。房子内外充满不规则线条和马赛克图案，弯曲的外墙铺满彩色瓷砖，如一幅斑驳的拼贴画。艺术之家底层有间绿意盎然的咖啡店，游人可在此享用奥地利地道甜品苹果派并稍作休息。其酥皮非常透薄，包含着饱满的苹果片。在维也纳游走了一整天，找个宁静角落品尝清甜的苹果派，欣赏古典与破格的建筑元素交流碰撞，耳畔传来悦耳的乐韵，多重的感官享受让人无比满足。

（二〇一六年五月—六月）

▶▶ 悬崖城堡邂逅天使·斯洛伐克

东欧国家斯洛伐克独立至今仅二十多年，不是太热门的旅游胜地，却拥有深厚的文化底蕴，只待有心人发掘探寻。它是全欧洲有最多城堡的国家，一百八十多座城堡遗迹遍布国境，被誉为"城堡之国"。

去年圣诞假期，我和两位朋友在斯洛伐克北部游览完钟乳石洞后，前往奥拉瓦城堡（Orava Castle）。在冰天雪地之中，花尽力气登上耸立在险峻岩壁的塔楼，忽闻石板小巷深处传来美妙乐声，原来是几位少女化身小天使，围着马槽报佳音！

峭壁堡垒白糖霜

奥拉瓦城堡位处斯洛伐克北部山镇Oravsky Podzamok，交通不便，十二月天气寒冷干燥。一踏出火车，只见整个小镇以巍峨山峦作为背景，而奥拉瓦城堡就建在奥拉瓦河转弯处的悬崖之巅，在一百一十多米的高度上散发着慑人霸气。遥望过去，笔直树木落叶已尽，连绵山脊像洒了一层雪白糖霜，也许在我们到访之前，刚下了一场初雪。

城堡始建于十三世纪，当时此区属匈牙利帝国，是该国在被蒙古侵略后兴建的。此城堡守卫着通往波兰的商贸路线，几百年来屡毁屡建，今貌是一百五十多年前重修的。在山脚抬头仰望，已估计到要消耗大量体力，而且要等导赏团集合出发，所以我们先在餐厅吃些热腾腾的斯洛伐克菜式，有酸菜、猪肉、白面包等，味道颇特别，确是寒冷中的幸福。吃饱后沿着山坡走一大段石板路，穿过层层光秃秃的树林，终于快要征服这座城堡了！

民曲乐韵迎圣诞

踏入城门，我们便听到庭院里传来悦耳的小提琴声，原来是两个男生在演奏。他们头戴黑色阔边帽，身穿黑棉袄（棉衣）和白棉裤，是斯洛伐克民族的传统装扮。不久，几个演员走过来合唱、演话剧，还有男孩拖着小狗出场，但他们都以斯洛伐克语表演，我猜大概是和圣诞有关的故事吧。

民族舞曲表演引来几十个游客围观，演员演完一场话剧后，引领游客一同上楼梯去另一个庭院，屋前设置了一个小马槽，一男一女在里面对着婴儿床轻声哼唱，流露温馨情怀。此时，三位美丽的天使在更高的楼梯上演唱，全场屏息细听由天国下凡的佳音。她们慢慢走下梯级，最后向马槽里的小耶稣献上祝福。虽然阵阵寒风扑面而来，眼前的景象却令人暖入心扉。

欣赏完表演后进入城堡各个房间参观，导游以有限的英文为我们解说昔日故事，她告诉我们这里曾是僵尸片《德古拉》的取景地呢！果然每座百年古堡都有自己的鬼故事。再爬几条铁梯到达城堡最高处，俯瞰这个依河而生的冷清小镇，只有几十间小屋，然后便是无边无际的万里关山。

村民演员乐在其中

导游看见整团只有我们三个亚洲人，不禁笑问："Why are you here?" 对啊，我们为何来到这个"前不着村，后不着店"的不知名小镇呢？其实这个隐世景点，是我以前参加地理比赛认识的斯洛伐克朋友Jakub所介绍的，他得知我们早前在附近参观钟乳石洞，便提议顺道到此一游。

日落西山，导游说城堡快要关门了，辛劳演出的演员也准备放工，我们是时候下山填饱肚子了。演员们换上便服，一起有说有笑地下山，大家都归心似箭，毕竟吹了一整天冷风，也该累透了。在这纯朴的乡村，我感受到每个村民都以奥拉瓦城堡为荣，爱惜这片心灵圣地。

奥拉瓦城堡的经验，其实也值得我们参考。斯洛伐克以较低物价吸引邻国奥地利、捷克的游客，其北部山区滑雪场在冬季甚受欢迎。但此国城堡闲闲地（动辄）都有几百座，奥拉瓦又是个偏僻小镇，如何吸引游人来参观呢？当地村民就利用这里最美丽的地标，并注入温馨的圣诞气氛，令附近滑雪场的客源知道这区的特色景点，延长逗留时间。

与天使在古堡的偶然邂逅，纵使随时间流逝已忘记细节，但当时的感动仍长存心中。

tips

旅行小锦囊

交通：由斯洛伐克首都布拉迪斯拉发（Bratislava）坐三个半小时火车往Kralovany，再在此换乘另一列火车坐半小时，便到达奥拉瓦城堡位处的Oravsky Podzamok小镇。

开放时间：城堡开放时间随日照时间而调整，冬季开放至下午三四点，而夏季则至下午五六点，出发前要上网查阅资料。

（二〇一七年一月七日）

拉丁美洲的思与想

*美洲城市充满热带风情，拉丁美洲更是让人有种生人勿近的刻板印象。林君朗勇闯拉丁美洲的巴拿马、危地马拉、伯利兹等地，揭开神秘面纱下的这些国家各自的缤纷之处。殖民历史丰富的拉丁美洲，民族色彩却鲜艳如昔，反而增添了吸引力，让人忍不住想了解更多。

▶▶ 巴拿马城——中美洲都会

巴拿马位于中美洲，举世闻名的巴拿马运河贯穿国土，连接大西洋与太平洋，划分南北美洲，自古以来拥有重要的战略和贸易地位。首都巴拿马城位处巴拿马运河太平洋一端的入海口，此城由西班牙帝国于五百年前建立，是其殖民侵略南美的起点和基地。

巴拿马城跟其他美洲城市不一样，它最引人注目的不是古老的教堂城区，而是直插云霄的摩天大厦建筑群。由远处观看此沿海都会，只见一幢幢五六十层高的大楼直迫海岸，造型各异，既有层层螺旋向上的玻璃大厦，也有帆船造型的奢华海景酒店。巴拿马立志做中美洲金融中心，全城大兴土木，亦逐步完善市内地铁系统，媲美纽约、香港、伦敦，以崭新面貌惊艳世人。

海岸另一边却是古色古香的旧城区，完整保留一片古代生活场景。沙岸上点缀着栉比鳞次的西班牙古堡和阳台小屋，城内街道狭窄，中心广场四周有双塔高耸的天主教堂、市政厅、总统府等。另外还有比旧城区更古老的最早期殖民遗址，它在三百五十年前遭海盗洗劫后烧毁，残留部分砖石废墟，游客可登上仅存的教堂钟楼俯瞰全城。

此外，游人还可在首都发现唐人街牌楼、中巴公园和纪念华人抵巴一百五十周年的纪念碑，皆因此国有近二十万华侨，为中美洲最多。首批抵巴华人以修筑铁路为生，后因经商有方，在

纪念华人抵达巴拿马150周年纪念碑

当地的经济地位变得举足轻重。笔者在此接触过的华人大都说广东话，他们多来自广东花县（今广州市花都区），早已在此落地生根。

巴拿马城一条海岸线上就有新旧两区，对比极为强烈，若想尽览全城，不妨去城郊的阿马多堤道。这是一条从海滨伸出、连接离岸三个小岛屿的马路，设有单车径，游人可踏单车往小岛乘凉散步，并享用岛上餐厅和酒店设施。由此远眺湛蓝海水上的巨型轮船排队通过运河，波光粼粼，风光秀丽。巴拿马运河，宛似一条飘逸的蓝色绸带，各行各业都以之为经济命脉，生生不息。

（二〇一六年十月十九日）

▶▶ 勇闯危地马拉，其实不难！

危地马拉是位于中美洲的国家，北邻墨西哥，南接洪都拉斯和萨尔瓦多，东西两侧分别是大西洋和太平洋。我个人认为这个国家的中文译名译得不怎么好，因为此国既不是危机四伏的"危地"，也跟"马拉"无关。相反，这里是色彩缤纷的热带国度，虽受强势的西班牙殖民统治影响，传统玛雅文化早已式微，却仍可觅得点点痕迹。今天分享四个旅游小秘方，让大家了解一下危地马拉！

穿州过省乘"鸡车"

"鸡车"（Chicken Bus）是在危地马拉穿州过省最重要的交通工具，由旧式美国校巴改装而成。原本的黄色车身被漆上红、蓝、绿等鲜艳的颜色和涂鸦图案，每辆都独一无二。若要从一个城市去另一个城市，游人可到旅行社坐舒适的穿梭大巴，或跟当地人一起挤鸡车，当然后者最省钱，澳门币十多元已可走遍半个危地马拉！

鸡车内分左右两排，中间有走廊，可塞满六七十人，若你不幸坐在靠走廊的座位，而旁边庞大的大妈不断把你挤出去，你便只好一边屁股放在这边，一边屁股则凌空放在走廊，坐"无影凳"。会晕车的朋友要注意带药物，山路颠簸，万一你呕吐，真的只能吐在别人身上，因为连低头向下的空间也没有。

危地马拉特色"鸡车"

隔着铁闸买面包

虽然我不喜欢中文把此国译为"危地",不过,每个地方都总有危险,危地马拉也不例外。一踏入首都危地马拉城,我便察觉到几乎每一间店铺都装有森严的铁闸。银行、珠宝店、电话店有持枪保安不在话下,即使货物不甚值钱的,如士多、时装店,也有男人守在店外。连去面包店、文具店的客人,也要隔着铁闸跟店主描述自己想买的东西。据说这样做的原因,是当地商店常受到流氓团伙骚扰和讨钱。注意日落后要返回住处,平时不要踏足危地马拉城第三、六、十八及二十一区,因为那些地方聚集了大量流浪汉和吸毒者。

餐餐都是玉米饼

危地马拉人的主粮是玉米，根据当地传说，人类是天神以玉米粉造成的，人人都是"玉米子孙"。就如华人有很多关于米的食物但各有不同名称，如饭、粥、粽等，危地马拉人也用玉米制作出五花八门的美食，如蘸酱汁的煎饼、包着各种蔬菜的卷，甚至玉米香肠。我个人不太喜欢玉米食品的味道，尤其是那玉米肠，只是一条淡而无味的粉团。所以我有时会吃米饭，因为这也是他们的另一主食，当然米饭的质地跟我们的有少许分别。但令人无奈的是，无论你点什么菜式，都会附上一碟玉米饼。

问准当地人才好为他们拍照

危地马拉的妇女和儿童大多穿着传统服饰，颜色鲜艳，经常令游客按捺不住，拿着镜头对着他们"咔嚓咔嚓"。他们有时会转脸避开镜头，在市集也有一些小贩要收钱才给拍照。不过，要留意不要近距离对着儿童拍照，危地马拉贩卖儿童猖獗，就在二〇一五年首两月，已有逾八百个小孩失踪。当地父母很紧张子女安全，最好避免让人以为自己跟"拐子佬"（人贩子）有关。

若要拍照，可站远一点，如站在人行道另一边。但如果你主动微笑询问，他们大多也乐于配合。我有一次看见一群当地少女在自拍，便拿出自拍棍邀请她们过来，她们高兴地答应，还各自拿出手机跟我自拍呢！

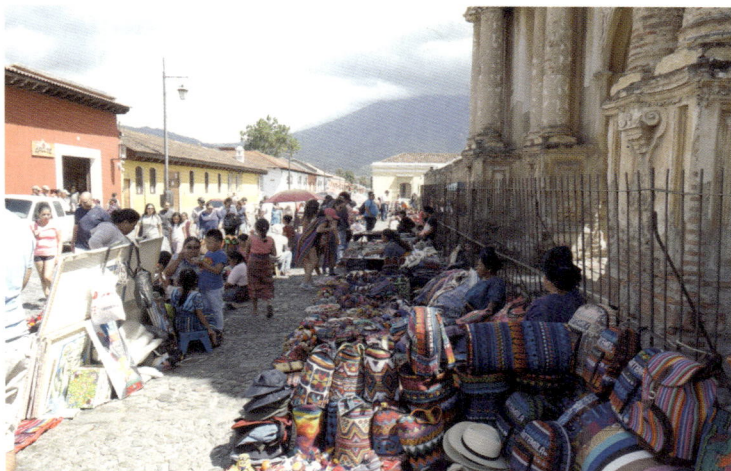

热闹的街市一角

tips

旅行小锦囊

签证：持澳门特区护照须办签证，要亲身前往危地马拉驻纽约或墨西哥城的大使馆申办，需时一两天，事前必须跟大使馆联络。而葡萄牙护照则免签证。

货币：一美元兑七点六危地马拉格查尔，故危币与澳门币的币值相若。留意当地塑料钞票充满民族色彩的玛雅图案，值得收藏。

气候：危地马拉位于热带，但由于其国境有三分之二为山地和高原，主要景点也多位处山间低地之中，较为清凉宜人。

（二〇一七年五月二十七日）

▶▶　危地马拉火热缤纷

　　中美洲国家危地马拉，给人的印象似乎是很危险，但大部分去过的游客都说没问题，且遇到的当地人也甚为友善。我之所以对这个缤纷的热带国度有兴趣，全因一位来自危地马拉城的明信片笔友。于是跳上由美国旧校巴改造成的"鸡车"，穿梭火山之国的大城小镇。

　　首站是首都危地马拉城，一如很多西班牙殖民城市，全城方格街道井然，中央广场周边是主教座堂、总统府之类的大型建筑。漫步石板路，赫然发现一座楼高三层的中式建筑，叩门询问

华侨总会

得知是华侨总会，会员多来自广东和台湾。

稍停古城安提瓜后，北上阿蒂特兰湖——火山山麓环抱的瑰丽湖泊。住在湖畔小镇帕纳哈切尔，于夕阳余晖下观看一家大小打鱼、玩水，写意自在。由此转四程巴士到达圣安德烈斯教堂，其外墙以红黄绿三色构成，柱子有红绿花藤缠绕，圣像都以卡通形式绘制。危地马拉教堂模仿欧洲风格，融合地道创意，散发浓墨重彩的快乐气息。

漏夜（连夜）翻越山路，赶往名为"奇奇卡斯特南哥"、简称"奇奇"的小镇，只为赶上周日早晨的市集。清晨五六点，人们提着大量货物，从四面八方赶来趁墟。洁白小教堂门前，老人拿着手提香炉来回踱步，飘来阵阵清香。市集有各种手工艺品、彩布、活禽、熟食。另外，附近山坡有个彩色坟场，每座坟墓都髹上（涂上）家族喜好的颜色。热爱生命，无惧死亡，坟场未必是惨淡伤心地。

最后，深入雨林秘境探寻玛雅文化，以蒂卡尔金字塔结束此行。蒂卡尔在盛世顶峰时，城市面积超过六十五平方公里，居民逾五万，如今仅残存皇宫、神庙、运河、监狱等古代痕迹。庞大遗迹有时四野无人，不过身旁总有啸猴和浣熊做伴，不用害怕。

去一趟危地马拉，难忘鲜甜土产水果、穿梭山间的凉风、鲜艳多变的织锦，还有即使语言不通却尽力帮助游客的当地玛雅人，这一切都令人着迷于火热多姿的色彩交响曲之中。

（二〇一七年八月三十日）

奇奇卡斯特南哥市集

▶▶ 浪漫火山城安提瓜

安提瓜（Antigua）是中美洲国家危地马拉的古城，为五百年前的西班牙殖民者所建，原是该国首都，却因位处火山之麓，一直饱受地震威胁。在此城遭遇两场大地震后，政府决定另建一个名为"危地马拉城"的新都，原都则改称"安提瓜"，意为"旧危地马拉"。

许多游人选择在首都机场降落后，直接乘车四十分钟奔赴安提瓜，因为这里一来充满古典魅力，二来治安比首都好得多。安提瓜的大街小巷都以崎岖碎石铺成，令一众拖着行李箱的游人大叫辛苦。不过沿路可见许多荒废的宅邸、教堂，虽受大地震摧残而满是废墟，却可见精细的雕琢造型，当年全盛时期的华丽辉煌活现眼前。

安提瓜的地标是一道粉黄色拱门，它在四百年前是一座修道院的天桥，当时女孩在成为修女前，须与世隔绝苦修，她们便利用拱门上方通道往来修道院两边，不必走出大街抛头露面。这座黄拱门把后面巍峨的火山框住，配以拱门下穿梭的游人和小贩，成为绝佳构图，故附近总有街头画家驻足。若要尽览全城，则可登上之字形石级到十字架山，眺望云雾缭绕的山麓古镇，感受浪漫气息。

身处火山城，游人可在当地随意找一间旅行社报火山一日游，早上六点出发，登上附近的帕卡也火山。此山攀登难度较

火山城安提瓜

低，还是个活火山，沿路树荫青葱，地上盖着厚厚的黝黑火山土。但走到较高处时，植被明显消失，取而代之的是薄脆的火山岩。导游选了一个冒烟地洞，把棉花糖插在木枝上，然后将之烤得金黄并递给团友吃。抬头仰望，只见火山口有少量碎石在跃动，微型的火山爆发已让人激动不已。

从帕卡也火山返回安提瓜后，可在市中心广场游逛，这里有很多穿着美丽服饰的妇女把手织布匹披在肩膊上，向游人兜售。正当欣赏着地摊的七彩织锦之际，市政厅长廊里响起悠扬的木琴声。沉浸在这危地马拉的清脆乐韵之中，清风徐来，倍感惬意。

（二〇一六年九月七日）

▶▶ 清凉海滨伯利兹

伯利兹是位于中美洲加勒比海滨的国家，前身为英属洪都拉斯，一九八一年独立。立国后加入英联邦，至今钞票上仍有英女王头像。这里是中美洲唯一以英语为官方语言的国家，英语混合当地语言，产生独特口音，称为"克里尔语"。邻国危地马拉以玛雅原住民为主，此国却以较高大的黑人混血人种居多，因英国殖民者曾带来大量黑奴在此定居。

该国最大的城市伯利兹城，是中美洲交通枢纽。此城遗留不少英国殖民痕迹，如市中心有很多英式街名，两条主道分别名为"摄政街"和"阿尔伯特街"，是英国人于十七世纪最早开发的地区。此港口城市是旧都，由于沿海风灾频繁，当地政府于五十年前迁都至内陆新城贝尔摩潘。

伯利兹城市区不大，人口仅六万，沿岸都是两层木屋，上层有小巧玲珑的骑楼，外墙颜色偏浅。横跨伯利兹河的吊桥，可横向开启，至少要四人操作。港口交通已不再繁盛，如今宁静的波光船影构成伯利兹城的美景。

沿海漫步到前总督府——殖民时代的官邸，现为文化展馆，已有两百年历史。我在此巧遇一位曾是中学天主教历史老师的当地妇女，她热情介绍说伯利兹虽仍跟英国保持紧密关系，如英女王名义上仍为君主，但人民不再怀念英国殖民统治，因其民主体系正在成熟，生活也逐渐变好。前总督府旁的圣约翰教堂，是中美洲最古老的圣公会教堂，以英式砖块筑成，旁设刻有伊丽莎白二世徽号的红邮筒。

　　海边清风徐至，吹散了暑气，吹乱了头发，也吹来阵阵海水味。临别此国之际，匆匆找到岸边一座纪念英国船长巴隆布里斯的红白灯塔，深呼吸蔚蓝无际的加勒比海的气息。黄昏时分，赶往巴士站，乘通宵巴士去墨西哥，再飞往古巴。

（二〇一七年八月二日）

非洲"奴隶海岸"之旅

*非洲共55个国家，东非有动物大迁徙，南非有繁华大都市，北非有埃及金字塔，林君朗却选择到自然与人文景观都较为逊色的西非，开展他的四国海岸行。虽为了萍水相逢的友人而远赴西非，林君朗却带着"中国在西非的发展和影响力"以及"黑奴贸易的历史"两个大问号，逐一到访被称为"奴隶海岸"的尼日利亚、贝宁、多哥和加纳。林君朗更在这趟旅程一开始就经历了"被盗记"！无论多么有旅游经验，"记得看好自己的贵重财物"这句忠告，似乎长期有效。

▶▶ 尼日利亚初探

尼日利亚是位于西非的前英国殖民地，后因丰厚的石油资源逐渐发展成非洲经济大国。这里有一点八亿人口，是非洲人口最多的国家。虽然北部地区近期受博科圣地等恐怖组织滋扰，但南部沿海治安相对良好，众多中国企业在此设厂，令该国成为中国于非洲贸易投资的门户。

同时，尼日利亚更是中国"一带一路"倡议中的重点国家，而此行正是要探访在当地"奥贡广东自由贸易区"工作的西安朋友。此自贸区坐落于乡郊，占地广阔，各轻工业厂房林立，包括胶袋、风扇、尿布、沙发、厨具等生产厂家。自贸区可让当地借鉴中国工业生产经验，也为非洲经济增长提供必需的基础设施投资。

该国首都是阿布贾，不过拉各斯才是最繁华的城市。此城不以旅游业闻名，但游人可参观售卖传统木雕和绘画的工艺品市集；还有莱基森林保护公园，这片绿洲位于城市之内，有众多亲子玩乐设施，其中最特别的是全非洲最长的四百米树顶吊桥，在密林中穿插而行，迎来阵阵凉风。

中国菜是全尼日利亚最受欢迎的外国菜。在拉各斯的"东方酒店"，有精致豪华的中餐厅，在此可与当地富人的衣香鬓影擦肩而过，体验上流社会生活。吃饱后搭乘玻璃升降机登上顶楼，眺望河畔大厦繁华夜景，感受这非洲国家的蓬勃生命力。

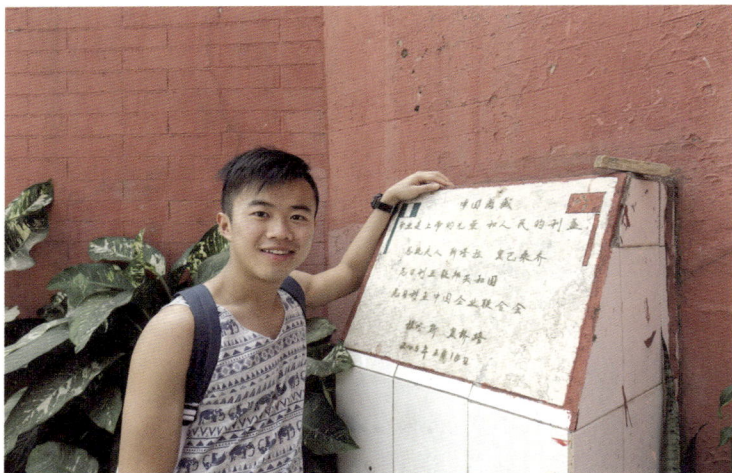

君朗到访奥贡广东自由贸易区

除了现代都市，此国也有原始的一面。由拉各斯向东北前进，深入山区，到达世界文化遗产奥索博神圣森林。这里是约鲁巴民族信仰中的神灵居所，反映了当地人原始的宇宙观。大量奇形怪状的雕像、神祠分散于林中和河边，这些艺术创作充满想象力，多数人像凸眼尖鼻、面容扭曲，仿如外星怪客。

虽然尼日利亚贵为区域大国，可是贪污腐败问题很严重，如机场海关明目张胆要求游人付钱才放行，警察又会无故截停车辆索钱。由此可见，这个新兴的经济与人口大国仍待发展和进步。

（二〇一七年一月四日）

▶▶ 贝宁另类水乡风情

贝宁的旅游业不甚发达，前往该国的中国人多以经商为主。但在这神奇小国，既有汽车挤爆、废气熏天的大城市，亦有原始神秘的铁皮屋水上村。游人可在贝宁最大城市科托努参与一日游，乘坐小艇游览附近潟湖的水上村庄。

此隐世水乡名为"冈维埃"，传说十七世纪初，欧洲商人勾结当地强大部族，利用他们捉一些小族卖作奴隶，以换取西方先进枪械等物资。这群小族族民为躲避战乱、免作奴隶，迁居到湖上建村，因他们知道贩卖奴隶的大族不敢攻击住在水上的人，怕触怒神灵。当地人把水上家园称为"冈维埃"，意思就是"我们得救了"。几百年来，他们在这浩瀚水域繁衍生息，现有居民三万多人。

在茫茫水草间前进，无际湖镜使人心境平静，只是小艇的摩托声略为嘈杂。一小时后即将到达湖心水乡时，周围的小木筏浮现眼前，人们在孤帆斜挂的独木舟上撒网捕鱼。湖面上遍布以树桩围插在淤泥里的长方形水域，是各家各户的小渔场。村民皆有自家小舟，连小朋友也不例外，有个男孩看见我们，就在自己的木筏上表演倒立，露出黝黑的皮肤和雪白的牙齿，十分可爱。

穿梭水巷之间，几万户人家的高脚屋映入眼帘，于船上伸头窥探屋内情形，大多只有简单床具和炭炉。这里还有清真寺、基督教堂、诊所、学校等，就是没有消防局。穿着校服的学生划船上学，校门前还有一小块草地在养牛，大家已习惯水上生活，如履平地。黄昏时分，陆续返家的族民挤满摩托小艇，有些身穿传统彩服的妇女则划着载有食物的小舟，带着儿女回家做饭。西非贝宁这个纯朴水乡，色彩淡雅、生活悠闲，不失为游客探寻另类风情之地。

（二○一七年二月一日）

▶▶ 西非海岸行——旅程前奏

在上年的圣诞假期，我如以往一样，没有买回澳的机票，而是选择旅行。回顾过去经验，我知道自己不爱冰天雪地，讨厌穿着大褛（棉袄）流着鼻水拍照。思前想后，终于选择逃到灼热的大非洲。

非洲五十五个国家，相比起东、南、北非，西非是个对旅游者而言乏善可陈的地区。东非有动物大迁徙，南非有繁华大都市，北非有埃及金字塔，而西非的自然与人文景观却皆显逊色，这令我这次西非四国海岸行听起来像是随机选几个无聊小国。但我不是为去而去，首次踏足非洲大地就选这里，是有原因的。

话说在二〇一四年暑假，刚高三毕业的我，登入"沙发客"网站，打算为之后环游世界到处寄宿储备点经验，先在澳门认识和接待一下来旅游的人。就这样我认识了来自西安的斌哥，当时只跟他在澳门旧城区逛了一个下午。过几个月后他就去了尼日利亚（西非石油大国），在当地中国自由贸易区做他大学毕业后的第一份工作，至今已做了两年多。若没有认识他，我也许不会在这个圣诞假期就去了非洲，要去也未必选西非。

过去的决定为之后铺路，原以为不会再见的人，竟在地球某一角落重遇。

我出发前脑海里有两个主题，一是中国在西非的发展和影响力，二是黑奴贸易的历史。尼日利亚、贝宁、多哥、加纳四个沿海国家，合称"奴隶海岸"，是昔日的黑奴输出地。去这些地方的，多是商人，即使是游客，也无人会为"享受"而去，更多的是"感受"，可能还有些"忍受"。

　　我就读的国际关系科只在年终放暑假前才有考试，因而圣诞假期前只需交一些论文等作业。出发往机场前，我把手提电脑也放进背包，在飞机上提起精神，当邻座乘客都熟睡之际，在键盘上"的的嗒嗒"不停敲打，誓要在着陆前把二〇一六年的学习任务都完成，在旅程中全情投入，认识和感受陌生的文化。

（二〇一七年二月三日）

►► 初入贝宁被盗记

　　贝宁，英文名称"Benin"，是非洲西岸一个小国，曾为法国殖民地，至今法语仍是唯一官方语言。此国地小、资源缺乏，是世界上开发度最低的国家之一，在历史上曾有过的重要地位，也许是昔日作为大西洋奴隶贸易的主要黑奴出口地。我在出发前跟英国朋友提到这个国家，他还以为我说的是德国首都柏林（Berlin）。

　　道别了在尼日利亚工作的西安朋友斌哥来到贝宁，由此开始独游，感觉迷失在大非洲狼虎之地。早上七点由尼日利亚拉哥斯起程往边境，尼日利亚关口只是一列幽暗的破房子，里面的腐败报关员不断要钱，司机的弟弟只给了盖印职员二美元，其余一概不理会。还有一个报关员要查阅我的手机照片，看看我在尼日利亚都去了哪些地方。

　　贝宁那边的关口仅有一张桌子，计算机也没有，我乱填两张表格便放行了，幸好上月在伦敦已拿了签证，费用六十英镑。贝宁是法语区，跟尼日利亚英语区有点不同，这里感觉更为陌生，亦很贫穷。到达大城科托努（Cotonou），民宿主人工作忙碌，我便自己拦摩托车的士出去逛逛。

　　在市中心Dantokpa大市场一边乱走，一边随意拍照，临走时突然有个摊贩叫停我，指指我的背包，我这才发现钱包给前面那男生偷走了！我立刻上前追那个橙色衫男生，他正想把钱包塞进胸口里盖住，以为就此成功。我马上抓住他的手，他还想装作无辜，但技巧太差了，我把钱包从他手上夺回。

我紧张地高举钱包，指着那男生并用英文不停大叫，希望旁人帮帮手。大叔们实时一拥而上，拿出棍子把他打了个痛快！整个市集瞬间如洪水泛滥，所有街坊七嘴八舌叽叽喳喳，有些叫我小心袋子，有些则不停摆手叫我快走。

我实在想拿出手机拍几张照，但当时情况超级混乱，我有点狼狈地离开现场，一边走一边回头张望，只见那男生被众人拉扯扭打得衣衫褴褛、面露青筋。

这是我第一次在旅程中被盗钱包，幸好没损失，以后绑紧背包。此时我想起市场附近有座宏伟的清真寺，而伊斯兰教对盗窃的处罚十分严苛，甚至有偷盗者断手的规定，真不知那男生下场如何了。

钱包失而复得后，我的内心情绪仍难以平复，失魂地走到市集尽头，叫摩托车的士载我去任意一间餐厅。本来只需付一美元不到，但我没零钱，手上只有一张一万西非法郎（十六美元）大钞。司机载我去几间店铺问零钱，装作很想找钱给我的样子，最后竟在餐厅门口把我放下便一走了之，开车几秒后还不忘转过头来露出奸笑。祸不单行，真的气死人了！幸好钱包仍在身上，只好之后拿卡去银行提款。

初入贝宁便接连遭遇不快之事，令我质疑当地人对游客的态度。也许"Yovo"（贝宁土语对"白人"的称呼，连中国人亦会被看作白人）出现在贝宁街头，本来就是罕见之事；而单独流连的，更是可轻易下手的大钱包。

经过这些事件后，我变得甚为小心，想出以下三项对策，或许对有经验的旅游者而言都是老生常谈，但仍有参考价值。第一，我把所有大钞分开放在行李箱和背包，放背包的会放于大格最底，用其他物品遮盖着，这样小偷便很难在我不察觉时拿出钱包了。第二，我把握每个购物机会把纸币换成零钱，放进挂于裤头的小相机袋里，方便使用，不必每次都掏出钱包。第三，坐摩托车的士时，必先确定好价钱才上车，因为很多游客就是忘了事先问价而被司机宰得"一颈血"。到达目的地下车，站稳再后退一两步，跟司机保持一定距离，然后慢慢拿出零钱。我有时甚至会先让司机给我应找赎的钱，才把手上的钱给他。这种做法也许过度敏感，大概是之前的事件造成的心理阴影吧。

踏入冷气充足的高级餐厅，放下背包坐下来定定神之际，来了个中国阿姨，坐在对面桌子喝汽水。他乡遇故知，原来她来自河北，来这里工作定居已经三年了，是附近一间杂货店的老板娘。为何来这里？她没说清楚，但她自此没回过中国，连微信也不用。

在这里遇上华人是非常开心的，就像上次在危地马拉，遇上台湾老板娘派员工护送我去银行换钱、买电话卡那样，这河北大妈也帮我买了张电话卡，可在外面上网。我们互相分享生活经历，她惊讶我为什么一个人跑到这里来，又说贝宁这个法语小国治安还不错，比起邻国尼日利亚要好得多。其后她找摩托车司机送我去工艺品村参观，不过令人烦厌的小贩令我只想尽快走人。

晚上回到民宿，遇上一对伯明翰男女，他们在无锡、加纳等地教过英文，游历丰富，还十分好聊（健谈），得知我曾去过朝鲜后更是兴致勃勃。回到安全之地，又有冷气房，这晚睡得很香甜。幸得他们和斌哥帮助，明天知道怎样去水上村庄了。

（二〇一七年二月十日）

▶▶ 黄金海岸听海涛

加纳旧称"黄金海岸",原为英国在西非出口黄金和贩卖黑奴的殖民地。由多哥经陆路抵加纳国境,我察觉路旁大小村庄都贴满竞选海报,原来当地在刚过去的十二月选出了新总统。沿途所见道路干净平坦,民居整齐,生活水平较高。

首都阿克拉最著名的景点是黑星广场上的独立拱门,纪念此国于六十年前成为非洲英属殖民地中首个独立国家。"黑星"是加纳的标志,在国旗上也有出现,意即此国是黑人的希望。提到加纳独立,不得不说其开国元首恩克鲁玛。他是泛非洲主义倡导者,志在团结支离破碎的殖民地,可惜终因军事政变而未竟全功。

詹姆斯镇是阿克拉的古老港口,原由英国人建设,街巷间分布大量日久失修的西式建筑。如要探寻加纳的殖民痕迹,实在不可错过此旧城区。走过层层回旋的楼梯登上灯塔,由此可眺望壮阔的大西洋,还有繁忙市集的渔港风光。

加纳海岸昔日奴隶贸易猖獗,在港口城市海岸角,可参观两座著名的奴隶城堡,即黑奴输出美洲前的储存处。埃尔米纳城堡由葡萄牙人所建,是贩卖黑奴、黄金和钻石的基地。另一座相距半小时的海岸角城堡,其不见天日的地窖堆积着厚厚的泥土,原来是奴隶的排泄物,发掘时才使一部分砖地重现。很多监仓角落都放有花牌,有游客凝视良久,黯然痛哭。在地窖通往大海之处，有一扇"不归之门"，一开门便是汹涌大洋，奴隶由此踏上出发往美洲的离乡别井之路。而幽暗地牢监仓正上方的雪白建筑，则是供欧洲奴隶贩商居住的豪华房间，筑有开阔露台以拥抱无敌大海景，可说是天堂与地狱的最近距离。

夕阳渐没于海岸线，渔户已归家，沙滩上留下一列列木筏。轻抚质感粗糙的木材，聆听拍岸涛声，令人回想起在此国的所见所闻，包括充满伤痕的历史和泛非洲主义反殖思想。这些都给旅程提供思考方向，实察过后仍要继续探究。

（二○一七年二月十五日）

►► 维达贩奴不归路

维达是西非国家贝宁的大西洋沿岸小镇，前身达荷美王国以出口黑奴闻名，当地强大部族以战俘换取欧洲商品。其海港地区的贝宁湾曾被称为"奴隶海岸"，几百年来承载西非黑奴血泪史。每年的十一月到次年二月是该地的旅游旺季，天气晴朗凉快，常见蓝天白云。

镇内的历史博物馆是一座葡式炮台建筑，外墙雪白，葡萄牙盾徽和瓷砖画都似曾相识。五百年前葡萄牙殖民者在非洲沿海贩卖了第一船奴隶，其后英、法、荷等欧洲国家都在此修建炮台碉堡，争夺利益，令维达成为重要的贩奴中心。

维达的"奴隶之路"，是黑奴离乡别井的不归路，他们由此被运往巴西、加勒比海和北美等地，劳碌至死。从历史博物馆前的奴隶拍卖广场开始，导游开摩托车载游客游览沿途各个历史地点和雕像，沿着漫漫沙砾路，直至海岸之端为终结。途中经过活埋奴隶的乱葬岗，一群小学生在专心聆听解说，了解先辈屈辱史。令人难忘的是镇内一棵"善忘之树"，话说奴隶在上船之前要被迫在黑夜里蒙着双眼，绕着此树走七次，以忘记非洲大地上的一切生命记忆。最后到达纯洁无垠的海滩，一扇橙色的巨大拱门矗立于此，上面刻满奴隶浮雕，名为"不归之门"。其面向大洋那面刻有"招魂之树"，意味奴隶肉身即使永埋他乡，灵魂也会回归故土。奴隶海岸路漫漫，返乡无期空追盼。在奴隶船上，

善忘之树

不归之门

白人是不可抬头直视的"太阳"，黑人男性只能低头。黑妇则在船舱另一边囚禁，被白人奴隶贩肆意羞辱。还有其他一些传说，令这些历史更添伤感。

奴役历史已终结，然而非洲人民迎来的未必是解放与自由的喜悦。十六至十九世纪的欧、非、美"奴隶三角贸易"令非洲健壮人口大量减少，带来的沉重灾难印记至今犹存。游人若想探寻非洲大陆无休止的冲突内战、肆意划分的国界线、难以发展的经济等社会现象的各种因由，在此镇或会得到启示。

（二〇一七年三月十五日）

▶▶ 贝宁路边的那些玻璃石油瓶

尼日利亚是西非著名产油大国，其影响力惠及区内一众小国，只有一千万人口的贝宁共和国，就因紧邻这个"石油一哥"而发展起了独特的"私油经济"。

乘坐的士由尼日利亚以陆路过境，刚踏入贝宁，只见沿路两旁都是简陋的铁皮屋。村民在自家门外以几块烂木板搭成路边摊，在桌上放满玻璃瓶、啤酒瓶、蒸馏水瓶、汽水瓶，瓶内都注满金黄色、晶莹透明的液体。起初以为是此地特制的酒，后来才发现是石油。原来，尼日利亚的石油得到政府大量补贴，价钱低廉，很多被偷运到邻国贝宁，这里几乎每家每户都卖私油。

根据非洲发展银行的数据，贝宁国内私油比正规加油站便宜三成，更占全国石油交易量的八成。非洲很多国界把关不严、报关员腐败，仅在贝宁就有高达二十万人靠卖私油维生，私油经济渗透全国。

我坐的士直抵最大城市科托努，从车窗瞥见市区有极多司机穿着黄色背心、有牌经营的摩托车的士，穿梭于道路之间。街头常可见到这样的画面：小朋友为"摩的"加油，妈妈负责数钱，老人家则在一旁为空瓶注入新油。

对"摩的"司机而言，这些石油好使好用，加一次油才四百西非法郎（约五元澳门币），就可做半天生意。有次我坐"摩的"时，司机中途停车加油，年轻妈妈一手抱着婴儿哺乳，一手熟练地拿起玻璃油瓶倒插进油箱，同时喂饱婴儿和摩托车。看见小孩无时无刻不在近距离吸收毒气，难以想象对他们身体和智力发育的危害。

"摩的"经济成行成市，全城共有十五万辆，提供点对点方便服务。像我这样的外人，只需一只脚踏出路面，马上有司机吹口哨要来接我上车，所以巴士无法生存。黄昏时分，摩托车群在私家车间左穿右插，十字路口四边都是密密麻麻的摩托车，甚为壮观。不过回住处后用纸巾擦一擦脸，便把整张纸巾都弄成灰色了。劣质私油令整座城市废气熏天，又令政府损失巨额税收，而且若处理不当非常容易出现爆炸、烧伤等事故。

贝宁民主政府曾推出强硬政策，取缔非法石油摊，但引来激烈反弹，如袭击警察、绑架官员等。家庭式经营小贩都大呼，若连自食其力的途径也失去，实在无法维生。批评者也认为，若政府想整治乱象，应先提供其他就业机会，那年轻人自然会找份安定工作。

然而，我从当地人口中得知，很多非洲国家小企业都是以家庭成员或熟人帮手为主，一来省钱，二来随传随到。贝宁青年失业率高达六成，莫说要找份正职工作，这里连"Part-time"（兼职）的概念也没有，打工糊口甚为艰难，会识人好过会识字。

其实，这是很多发展中国家（尤其是软弱的民主国家）面临的难题。政府一方面有责任维护法纪、打击走私，令石油市场正常运作；但同时也要提供就业机会，维持社会稳定。

学者称贝宁的民主体制为"私油民主"——腐败官员既负责监督，又从私油贸易中获利，整个社会都鼓励不择手段赚快

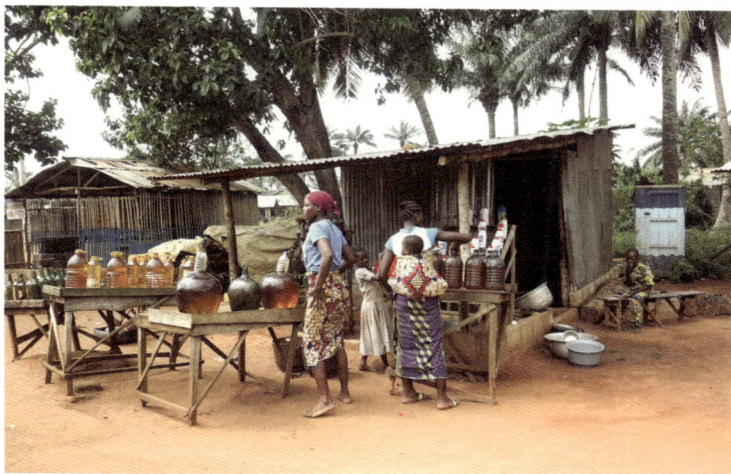

贝宁路边的玻璃石油瓶

钱，民主体制仅限于领导人选举，政府实际上失去了大部分权力和公信力。

近期国际油价持续下跌，令尼日利亚政府减少了对石油的补助。这一措施带来的机遇，就是令尼贝两国的正规石油价格差距减少，从尼日利亚走私到贝宁的石油没那么大吸引力了，从而使更多人光顾加油站。贝宁政府应该会把握好这个机会，利用价格机制拨乱反正。有人建议贝宁趁此机会降低对石油的征税，因对正规石油的需求上升会抵消损失的税收；或者不把非法小贩赶尽杀绝，而是监管其质量，将他们纳入正规销售网络之中。

这个旅途小观察，说的是一个国家的经济情况，关乎众多社会议题，如上述的交通、环保、健康、就业等。同时反映了国与国的关系其实没我们想象中那么遥远，所谓"全球一盘棋"，正如贝宁路边的石油瓶为何存在、又为何消失，也许是世局变动所掀起的涟漪。

（二〇一七年三月十八日）

▶▶ 多哥巫毒猎奇

　　西非小国多哥曾是德国殖民地，在德国于第一次世界大战中战败后，其殖民地都被英法等国瓜分。此地被划为两部分，一部分并入黄金海岸（现加纳），另一部分后来独立成国。多哥盛行巫术活动，全国逾半人口信奉巫毒教，它是糅合祖先崇拜和"万物有灵论"的原始信仰，全国各地皆可见其痕迹。

　　首都洛美附近的湖畔小镇多哥村，最早发展为城镇，多哥国名正是源于此地。坐独木舟横渡抵村，闲步乡间阡陌，生活宁静安详。姆拉帕皇宫是一百三十年前当地酋长与德国殖民者签约之地，自此多哥沦为德国保护国，如今屋外仍挂有两国国旗，纪念逾百年交往。在草屋群之中，还树立着一些巫毒教雕像，是这里的土地神灵。

　　在多哥村的天主教堂，壁画所绘的非洲圣人最引人注目。其造型特别，有些手持象牙、香蕉、盾牌、非洲鼓等，很多还上身赤裸，跟一般欧洲圣人大相径庭，充满地道风情。导游说他们是"乌干达二十三烈士"，曾因信仰耶稣被当地巫毒教国王杀害。

　　洛美旅游景点不多，最著名的是巫毒教动物骸骨市集。这里有一堆堆风干动物头，如猫、狗、刺猬、猩猩、猫头鹰等，都是陈年干尸，牙齿外露，面目狰狞，令人触目惊心。处理手法亦很原始，散发强烈腐臭，苍蝇乱舞。这些头骨教人发颤，但也值

巫毒教动物骸骨市集

得仔细观赏。市集店铺还养着龟、鸟、老鼠等，等着成为祭品。风干尸骨用法和功能各异，如猫头加鹦鹉头磨成粉，再加蜜糖喝下肚，可增强记忆和滋润歌喉；蝙蝠干、刺猬干加马阴茎，混合烈酒，就是原始的壮阳神药，信不信由你。

　　如在非洲旅游时路经多哥，不妨暂留几天，探索神秘原始的巫毒教文化，还可到此国仅五十五公里长的大西洋海滨，远眺一艘艘大货轮点缀蔚蓝的海岸线。整个沙滩人声鼎沸、乐曲欢快，享用着多哥啤酒配烤肉，遥望日落黄昏，度过写意的西非时光。

（二〇一七年四月五日）

亚洲点滴

*众所周知，亚洲是旅游业发达的大洲，但喜欢另辟蹊径的林君朗自然不走寻常路，选择了尼泊尔和朝鲜。尼泊尔是林君朗的实习所在地，在移民与国际中心实习的三个月，见尽外劳的种种辛酸。他在这里建立了切切实实的友谊，更开展了实实在在的学术研究，为那些在卡塔尔工作的尼泊尔外劳留下印记。朝鲜并不是一个容易入境的地方，即使能够踏足，每一步路都可能会被严密监控。林君朗夜闯平壤几乎出事，读者可能看得过瘾，但切记遵守规则为上，请勿以身试法。

▶▶ 浅游朝鲜

　　朝鲜是近在咫尺的邻国，与辽宁省只隔一条鸭绿江，不过它对我们来说却是如此陌生。然而，若单凭二手信息去判定这个国家，实在难以脱离刻板印象的限制；虽则眼看未必为真，但自身体验始终不同于人云亦云。

　　旅行团透过微信报名，手续简单，但游客无自由活动时间，故此国目前仅能浅尝。由沈阳搭乘高丽航空飞抵朝鲜首都平壤，绿树处处，常见晴朗蓝天。这里是全国发展重心，最近还建了个名叫"未来科学家大街"的小区，据说是供科研和教育工作者居住的。身处这条笔直的六车道大街，两旁尽是色彩相间的摩天大楼，感觉非常超现实。

　　在距平壤两百公里的板门店军事分界线，气氛没想象中紧绷，朝鲜军人甚至微笑着跟游人合照。旅行团途经全国各景点，在公路沿途可窥见农村贫困面貌，还有成群结队的骑单车者。

　　行程每晚住宿都是平壤羊角岛酒店，虽然略显老旧，但设施齐全，房间舒适。每餐丰富，可品尝韩式烧烤、火锅、人参鸡等地道菜，还有女侍应即席演唱民歌。购物方面，游客禁止接触朝币和进入一般商店，普遍做法是全程使用人民币，在外汇商店选购邮票册、人参产品、春香牌化妆品等。

　　旅程期间适逢首届"大同江啤酒节"，导游特意安排游客跟当地人一起开怀畅饮。坐在江畔欣赏表演，于闪烁霓虹灯间察觉

朝鲜街头

到朝鲜人的欢笑，反映这社会休闲消遣的一面，其实生活有苦亦
有乐。

（二〇一七年一月十八日）

►► 夜闯平壤出事了

　　这次跟朋友夜闯平壤，可以说是"有备而来"的。去年八月底，跟随朝鲜旅行团出发之前，我已印好网上的平壤市中心地图，打算到时实地走遍白天没去的地方，体验平壤日与夜之别。到达平壤的第一天，时间紧张，哪儿都没去；而且我们下榻的酒店位于市中心，在全城每个角落都能看见，不怕迷路，大可放胆乱走。然而想不到第一晚出走就被人发现，还被迫在寒风中瑟缩苦等一个多小时，之后几晚只好待在酒店房间了。

兴奋逃离大酒店

　　我们参加的是五日四夜团，每晚都住在位于大同江江心一个小岛上的羊角岛酒店，那是一幢四十七层高的大酒店，顶楼还有旋转餐厅。导游阿香说晚上可以在酒店附近散步，但不要走远。换句话说，游客其实是准许离开酒店的，只要低调行事，通常都没有问题，我也看见同团有位大叔到酒店门外抽烟；可是离开酒店后，已无人看守，步行过桥便轻松到达平壤市中心。

　　第一天刚从沈阳飞抵平壤，参观完金日成、金正日铜像，我们就在这间略显老旧的酒店安顿下来。匆匆梳洗过后，晚上八点多，我和敬便拿起背包，下到酒店大堂，准备开始出走大计。心中有默契要低调点，慢慢踏进旋转门，再轻轻走到外面的迷离世界。酒店四周全是漆黑的树林，中间大路两旁有一些昏暗路灯，我们小心翼翼地在人行道上靠边走，生怕被人喝停叫回去。忽然有辆旅游大巴迎面驶来，车头灯快把我们照盲了！幸好他们只是一批回酒店的旅客。

疑幻似真夜平壤

呼，终于逃离酒店，踏进平壤市中心了！那种心惊胆跳的感觉实在很刺激，而我们也不忘拿出相机拍照。夜晚路上仍有很多人在骑单车，可能刚下班。虽然都是亚洲人，但我们的发型、衣着，明显跟当地人非常不同，无法掩饰，不过他们都没多理会。甚至有穿制服、戴军帽的人民军经过，也没有多看我们一眼，可能知道是中国人，所以不以为然吧。

晚上八九点街上颇热闹，很多单车穿梭，间有的士、巴士驶过，而江边建筑很多都有亮灯，这个封闭国度的都市夜景有点疑幻似真的美。江畔的高楼大厦灯火璀璨，倒影炫丽，仿如悬浮半空的海市蜃楼。

我对敬说："导游跟我们说不要离开酒店太远，不要跟当地人谈话，但这些规矩其实可能只对游客说，当地人未必知道呢，所以他们才不太在意我们。"当然这只是无从证实的想法。

未来科学家大街

在夏末凉夜里，我们越走越大胆，紧绷的身躯也开始放松起来。走到一条极宽敞的六车道大街，一幢幢新簇簇的公寓楼拔地而起。抬头仰望，真令人倒抽一口凉气，整条街都是示范单位，一尘不染，每幢大厦呈不同颜色，建筑设计充满曲线美。后来才知道这是"未来科学家大街",是两年前竣工的一个新式住宅区,据说专供教育和科研工作者入住。

走了一个多小时,人有三急,我们便走入一间餐厅借厕所。本来想先问一问里面的扫地阿伯,但他假装看不见我们,那我们便不客气了。后来看见旁边有个小食柜台,我们拿出人民币打算购物,但店员拒绝做生意。楼上还有卡拉OK室、酒吧,传出吵闹的歌声,原来平壤也有放纵狂欢的一面。

晚上十点、十一点,科学家大街上的巴士站有些人在候车、低头玩电话,但我们走近查看,却看不见任何路线牌,应该只有当地人才知道。

或许因为我们走进了新发展的街区,很多大厦都未完全住满,给人一种了无生气的感觉。

胡乱影相遭活捉

离开未来科学家大街后,我和敬打算沿着大同江走到远一点的主体思想塔。塔顶火炬在黑夜中十分耀眼,一直跟着走不就到了吗?可是我们越走越远,好像有点迷路了。

这时,经过一间类似军营的建筑,我发现里面有巨幅金正日画像,以为铁闸没有守卫,便拿出相机拍照。不料闪光灯一闪,更亭内竟有女声喝住我们!当然走为上着,马上急步逃离现场,以为没事。走了几步,对面却突然迎来两个手持电筒的男人照着我们。唉……这次大镬(严重)了。

这两个男人把我们带回那幢建筑物前面,要求查看我们的护照签证。证件已给导游收起保管,幸好我早前有拍下,拿给他们看，他们从外套里掏出笔记簿抄写数据。这时女更员走了出来，在铁闸外向军人模拟我们的拍照动作，重演事发经过。

我们当然是"鸡同鸭讲"，阿敬更在情急之下尝试用英文跟他们沟通，但发现是行不通的。眼前这几个军人只说朝鲜语，间会几个普通话单词。我们只懂不停说"羊角岛"的朝鲜语"Yang-gak-do"，并指着对岸那间高大的酒店，恳求他们饶命，让我们自行回去。

军官诡异的微笑

被捉后十多分钟，高峰期时有六七个人员"食花生"（看热闹，相当于"吃瓜"）似的围着我们，七嘴八舌谈个不停，又轮流打电话不知向谁报告，难道这事惊动了全平壤的警察？

冷风在漆黑中走遍全身，内心充满对未知后果的恐惧，彷徨、无力感涌上心头。

又惊又冻，正在发抖冒汗之际，女更员竟拿出两张椅子给我们坐下。什么？被抓到的人也有如此好的待遇？我们推让几下后就不客气了。这时气氛好像缓和了下来，有几个军官都回去休息了。我突然想起在沈阳机场买的三包烟，是打算在碰到麻烦时息事宁人的，想不到现在竟派上用场。

我从背包拿出一包"中南海"、一包"人参烟"，军官微笑一下，还借我们打火机，让我们一起抽。我不太懂得抽烟，只会"打烟炮"（吸入口中立马吐出），走远几步免得给他们笑。跟军官一起抽烟，感觉好奇特，他露出奇怪的笑容，仿佛是想让我们放松点，又似是暗笑我们"死定了"——真猜不透他脑袋里在想什么！当我仍在胡思乱想之际，军官已把我给他的那包烟放进裤袋了。

导游解围，黑面质问

苦等、煎熬，在漆黑的平壤街头，挨过漫长的一小时，一辆旅游大巴突然驶至，就是我们旅行团那辆。男导游朴导、女导游阿香从车上下来，他们的脸色黑得冒烟，跟军人交谈几句后便接我们上车。整个车程我和敬都不敢出声，因为我们为别人添大麻烦了。下车时，阿香叫我们每人给司机一百元人民币，慰劳他半夜三更还出车接我们回酒店。

回到酒店，已是凌晨一点多，阿香和我们在大堂坐下谈话，似乎是要审问我们。原来她在我们入住酒店后，于晚上八九点打过电话给每个房间，但打来我们房间很多次都无人接听，便心生疑惑，还说整晚在酒店大堂等我们。

阿香要求看我们的相机，并告诉我们那间其实是食品加工厂。奇怪的是，她看过照片后，只要求删除工厂门外拍的那些，没有理会其他。现在我大概明白，是那些人民军看见我们两个游客在晚上傻傻乱走，便要确保我们平安返回酒店。

我问阿香："是不是因为我们是中国人，所以才有这样的善待，又给椅子我们坐，还请我们抽烟?"阿香否认："当然不是，你们没犯什么事情，他们担心你们的安全，所以打给酒店要送你们回来。"这时我在幻想，倘若流连街上、胡乱拍照的是两个西方人的话，或许会有截然不同的结局。

回到房间后，我和敬相对无言，大家找些事情去做，洗澡、看电视、折衣服，只想分散注意力，尽快把这件事从记忆中抹去。

事后检讨

第二天早上，导游在旅游大巴上的第一句话便是向全体团友警告："昨晚有人偷走出去惹上麻烦，我已经跟你们说过了，有什么需要的都要找我们！你想看的我们带你去看！"

晚上，旅行社社长来酒店了解事件经过，他安慰我们："不用担心，只是一件小事，出来玩最重要的是开心，毕竟你们是客人啊。导游叫你们不要走远，是因为你们身上没有证件护照，万一人民军要检查的话就麻烦了。"

沉淀思绪后，回想起来，其实街道上有很多穿军装的人擦

中朝边境界碑

身而过，也没有截停我们，如果我们没有对那工厂拍照，应可平安返回酒店的。老实说，在黑夜街头苦等，最担心的是给导游和旅行社带来什么麻烦，实在为自己的鲁莽行为感到抱歉。大家若去朝鲜旅游的话，记着要遵守规矩，毕竟不是每次都能侥幸脱险。

（二〇一七年四月十日）

▶▶ 不是皇旗，不是教旗，这是属于尼泊尔的国旗

在加德满都待得久的人，都见过一个每天举着巨型国旗游街的大叔，他身穿尼泊尔传统服装，腰板挺直，笑容满面。我在七月头就遇过一次，那时在摩托车后座用手机拍他，他笑着走来给我一张国旗贴纸。想不到今天重逢，他竟邀请我去他家做客，让我知道更多故事。

广场重遇

那天早上去完烧尸庙看节日活动，下午在加德满都杜巴广场附近买相机袋时，我又碰见国旗大叔，就把握机会再找他拍照、聊天。

他在广场附近一间小店外跟其他老朋友坐着，让路过的游客拿他的大旗拍照，又请我喝茶。其实我跟他很难用语言沟通，因他不说英文，由他的店主朋友做翻译，不过我也尝试说一些尼泊尔话拉近距离。其后他坚持请我今晚去他家做客，我有点不好意思，但最后答应："好，下午五点半在这里见啦！"

然后我便去周围逛广场、买衣服，五点半左右在广场见面，一起走回他家。途中他不停跟左邻右里微笑挥手，小朋友一看见他，就嘻嘻哈哈跑过来，问他拿糖果；大人呢，就问他要国旗贴纸，所以他真是人见人爱。走了一会儿，又下起微雨，这时他举着旗、我举着伞，继续回家路。

他家是一幢三层高的房子，他住在二楼一个大房间，推门而进，比我想象中要干净、宽敞。每天回到家，他便把巨旗放在沙发一旁，可谓二十四小时旗不离身。这时我第一件事是要为相片打印机充电，印出两张今天的照片送给他，以表谢意。

　　我留意到书架上陈列着一些照片，每张都有他的大旗，是在尼泊尔各地拍的。有游客帮他拍的即影即有照片，亦有帮他画的素描，而我就把我的两张也放在架子上。他说我是第一个造访他家的外国游客，接着拿来一叠报纸给我看，全是关于他的报道。这时女儿Jaya也进来了，为我们做翻译，是时候开始细说从头了。

举旗大叔Laxmi

乐善好施

这位尼泊尔大叔名叫 Laxmi Narayan Shilpakar，今年六十一岁，家乡是首都附近的古城巴克塔普尔，四十五年前搬到加德满都。他有两子一女，以前是木匠，每天只赚八至十美元。说到这里，他兴奋地指着房间的床、窗，说这些都是他的作品。他退休后开始参加社会工作，捐了五百美元给红十字会以兴建会址大楼，更当上地区副主席。

当他还是木匠时，便一直助人为乐。妻子有时埋怨他太过关心别人，被人占便宜，例如他帮别人做家具被"拖数"（拖欠费用）、借钱不还等。而且这笔钱若没捐出去的话，其实可令生活变好。可是他认为如果能助人解困，也无谓计较了。妻子生病住院时，他在医院拾到一个装着百多美金的钱包（对尼泊尔人来说是一笔大钱），他报警却找不到失主，最后便将之捐出。

Laxmi 继续把书架上的物品逐一向我细说。有一张纪念状，是妻子去世后，他以其名义设立了一个基金，每年捐出二十五美元，奖励当地杰出记者，鼓励他们写更多为大众发声的文章，因为他自己也是个社会活跃分子。另外，今天是其妻离世九年的忌日，Laxmi 到庙里给穷人免费派发面包，明天还要再去。

举旗传乐

他已捐了这么多钱，但发觉捐钱的受益人始终有限，于是从十年前开始，每天朝十晚七担旗游街，带给人们欢乐，甚至通过脸书专页"Flag Bearer of Kathmandu"把爱国情怀传遍世界。

在二〇一五年地震后，他举着国旗，或坐巴士或步行，用

君朗与大叔Laxmi合影

四个月时间独自从尼泊尔最东端走到最西端，踏遍全国七十五个地区，沿途广结善缘。他在墙壁上的地图上指来指去，念着一些我听不懂的地名，自豪地说："有些灾区道路不通，由一镇走到另一镇要徒步五天呢！"

在山区，有些人以为他举的是皇旗、教旗，但Laxmi总会告诉人们，这是属于每个国民的国旗；而且，皇室已在二○○八年被废除了。

每晚回家后，他就埋头剪国旗贴纸，准备明天送给新朋旧友。对他而言，这是另一种社会工作。

游客问他是否收钱，本地人给他钱，他都一概拒绝。在旅游区，人人皆对游客虎视眈眈，不收钱实在太难得。甚至我送他一张澳门十元纸币，他也不肯收下。他说这张钱对我来说有价值，但对他却是得物无所用。他永远坚持"无功不受禄"，即使收下别人的善款，亦会捐出或买食物给穷人。

原以为晚餐只是粗茶淡饭，不料竟十分丰富美味，有炒薯条配饭、煎蛋、水牛肉、豆蓉汤、脆米片等。可是只有我一个人吃，两父女看着我，Jaya说他们晚上九点才吃晚饭。用完晚膳后，他叫儿子Dipendra驾电单车载我回民宿。

临走前，Laxmi拿出一张卡片，原来是器官捐赠卡。接着他露出招牌笑容，并用手指由头指到脚，表示死后要把身上每个器官都捐出去。此夜，我被他爱国爱人的品格所感动。他的一生，仿佛无一刻不是在行善积德。

（二〇一七年九月九日）

►► 回望九十日尼泊尔之行

在一个地方九十日，可以算是脚踏实地的生活，而不是来去匆匆的旅游吧？就这样，尼泊尔成了我在澳门和伦敦以外，逗留最久的地方。在这里实习工作三个月，让我真正在这片土地上体验到种种的享受、感受、忍受。

在这个专门保障尼泊尔外劳权益的"移民与国际关系中心"（Center for Migration and International Relations）实习完结当日，所有同事和实习生为我举办了欢送会。这天刚好是当地"女儿节"（Teej），几位尼泊尔女实习生打扮得漂漂亮亮，教我们跳摇曳多姿的传统舞蹈和玩游戏，而我就请大家吃披萨大餐。此外，我送了一幅画给办公室，画上贴有一些这三个月来的照片，背景是尼泊尔壮丽的高山流水，前面则是一支燃烧的蜡烛，象征这个机构的工作为人们划破黑暗、带来光明、薪火相传。

实习期间，我通过做资料搜集、访问、写报告书等工作，以及去机场协助接收在外地因工伤死亡的尼泊尔外劳遗体，从而对此国国民赴外工作的情况有了更深切的了解。国际外劳迁移与国际关系息息相关，我就在卡塔尔外交危机爆发之际，借着我工作的机构拥有的人脉网络，访问了一些在卡塔尔工作的尼泊尔外劳，并撰成分析文章发表到澳门的中文报纸和尼泊尔的英文报纸上。这些都对我今后继续学习国际关系甚有帮助。

除了学业知识的增长，另一重要收获是社交能力的提高。

这是我在大学之外，首次在全英语的环境中工作。多元文化的办公室里有尼泊尔当地员工，也有来自美、德、意、法等国的大学实习生。各人的英语各有口音，因此更需表达清晰就自不待言，且文化背景也会影响办事方式和习惯。这些差异有时会为我们带来摩擦，所以在开展每项工作前，都要先做好基本情况讲解、协调工作流程和分工，让大家掌握同等分量的信息，互相配合。当接触外劳及其家属时，要先和当地同事一起介绍自己，建立良好印象。

在尼泊尔的头十一周，我每周五天都在办公室，晚上看书、写作；周末就把握时间，畅游加德满都周边乡镇郊野，看山、观庙、参与节庆活动，像个当地人一样生活。最后两周，我先去安纳普尔纳山区远足六天，没有雇向导，事前做足资料搜集和路线规划，按自己的脚步走，尽管途中有些艰辛，但每到达一个目的地都令人振奋；然后就去奇特旺森林公园和释迦牟尼诞生地——蓝毗尼，以悠闲节奏度过最后一周，其实内心早已飘回家了。

从蓝毗尼乘内航线回加德满都途中，我倚着机窗，远望高于云际的连绵雪岭。当晚再由加德满都回家，心中回想各种甜酸苦辣，又有解脱、释怀之感，不过这时已被疲累覆盖，只觉归心似箭。

还记得在尼泊尔的第一天，我说过："现在我要有在世界各地生存的适应力，将来要有在世界各地生活的能力。"经过这三个月的锻炼，除了得到晒得黝黑的皮肤，思想和能力应该也不知不觉地成长了。

仍对世界充满好奇的我，不要一生待在同一个城市，但亦

君朗与尼泊尔实习单位同事合影留念

不赶着在世界地图上画上一个个"剔"（勾）。在尼泊尔这九十天，让我尝试到除了旅游和上学以外，在外地长时间生活的经历，也让我对未来的工作有了更多想象。

（二〇一七年十月十三日）

▶▶ 尼泊尔小发现

　　九十日的尼泊尔实习工作之旅已经完结，上期的文章也大致总结了这段时间的经历和感受。在尼泊尔度过的悠长夏日，当中有些观察和趣事，看似微不足道，却反映了当地社会的种种细节，值得记录、细味。本篇分享尼泊尔人对印度人的观感，和当地男生在街头手拖手等有趣现象。

对印度人的观感

　　尼泊尔夹在中国和印度两大国之间，其政治、外交方面永远不能避谈此两国，但更令我好奇的，是三国的国民交流。由于中、尼之间有高山阻隔，而尼、印之间则地势平坦，故尼泊尔受印度影响甚深。八成尼泊尔人信奉印度教，尼泊尔的语言文字、种姓制度与印度相似，甚至交通和经济方面也极其依赖印度，几乎所有生活必需品都由印度进口。

　　我原以为尼印两国人民应该亲如兄弟，但当向民宿主人两母子问及他们对印度人的印象时，第一句回答竟是："他们很无赖！"他们认为印度人做生意经常"出蛊惑"（不老实，耍滑头），貌似给你甜头，到头来却过桥抽板。最近，尼泊尔南部暴雨成灾，民宿主人读地质学的儿子告诉我，其中一个原因是印度在尼泊尔领土内的柯西河（Koshi River）修建了水坝，可是合约订明营运控制权全在印度手中。到每年夏天雨季时，印度只顾及自身防洪、灌溉需要，迟迟不肯开水闸，却令处在上游的尼泊尔洪水泛滥。

即使水坝位于尼泊尔境内，尼泊尔却因条约束缚而不能在洪水来临之际开闸放水，亦无法在旱季时保证灌溉用水。多数尼泊尔人认为，印度人的心态是"我的就是我的，你的也是我的"，恃势凌人，不顾周边小国的生死。

街上男生手拖手

在很多国家，成年男性在街上拖手都不常见，因为这可能让旁人感觉别扭，甚至会惹来"同志"疑云。不过在尼泊尔，两个男人在街上互勾小指、十指紧扣、搂腰并行，乃至在梯级上的一个男生躺在另一男生两腿之间，互相抚摸手、脚、头发，都是纯粹表现友谊的平常事。

很多西方人，包括和我一起工作的几个欧洲实习生，起初看见当地人做这些事情都十分惊奇，以为尼泊尔社会如此开放。但眼见牵手而行的男人多得过分，便开始疑惑，难道真的有这么多同性恋？多数旅游书都有谈及这个社会现象，我就认为人的情感是如此复杂，"亲密关系"是人类与生俱来的需要，只因为社会文化规范而受到各种程度的压抑。顺带一提，有些地方由于民风保守，反倒是异性不准公开交往。

同性间的亲密接触绝不只有性关系这一种可能。还记得另一个我曾看见男子牵手行街的地方是朝鲜平壤，可见在纯朴之地，人们表达情感的方式有时更为直接。到底是他们太热情，还是我们太冷漠？

电单车召唤程序

加德满都跟很多发展中国家的大城市一样，人口膨胀过快又缺乏交通规划，全城没有一个正常运作的交通灯，空气污染严重，街巷迂回混乱，每天上下班都令人头痛窒息。头两个月我曾每天戴口罩骑单车，下雨时在路上溅得满身泥泞，热天时又大汗淋漓。

后来在当地同事介绍下，我下载了一个名为"Tootle"的电单车召唤程序。只要打开此程序，在地图上输入出发地和目的地，便会根据距离而计算车费，附近的电单车司机便会前来接送。此程序是加德满都的新兴服务，去市内任何地方通常都不超过一美元，比租单车还便宜！到达目的地后，程序会向用户电邮发送确认编号，用户将此编号告诉司机，司机在其手机输入编号后才算完成交易。也许出于安全理由，服务只于朝八至晚八营运。

有次上了电单车后，司机告诉我原来他就是这个程序的老板，业务初创，老板也要亲自出马。这个年轻小哥在英国威尔士读完大学后回来创业，吸收了西方"共享经济"的概念回到家乡开拓潜能。另外曾有司机告诉我，他以Tootle为主业，每天可赚十五美元，比以前的收入更高。Tootle不像出租车般对外人开天杀价，又不用如骑单车般弄得满身肮脏，每次搭乘都是清新舒适的体验。

流浪狗之城

身为爱狗之人，看到加德满都成群结队的流浪狗，实在感到讶异。这里每条街巷至少都有四五只毛小孩（小狗），白天躺在路旁呼呼大睡，晚上则精神奕奕，吠叫声在城市角落此起彼伏。它们绝大多数都很乖很温顺，喜欢被人摸头按摩，就像我办公室街口那只，我经常去杂货店买饼干喂它。

在印度教传说中，狗是湿婆的化身"陪胪"（Bhairava）的坐骑，又相传古印度五王子带着一只狗登上喜马拉雅山，通过考验进入天堂，故以印度教为主的尼泊尔社会对狗十分友善。在宗教节日时，人们还会给狗额头点上朱砂。

随处可见的流浪狗

然而，我们看完摸完这些灵巧可爱的小狗就走人，又有否想过其实数量如此庞大的流浪狗，对于它们自身和社会都是隐忧？我曾在庙旁佛像下见过一只垂死的小狗，凹陷的眼窝长满蛆虫，全身烂肉脱毛却仍有气息，令人心酸。单是加德满都，已有两至三万只小狗在街上生存，每天面对的危险包括被车撞、被人虐待、跟其他狗打架、饥饿、蛆虫感染伤口、皮肤病等等。

它们是生命而不是玩偶，幸运的或会得人喜爱和收养，但大多数不幸的只能在街上自生自灭、受苦受难。实在要通过绝育，把数量逐步减少。

餐厅的细节

在尼泊尔的地道小餐馆，侍应不会给每个客人一杯水，而是每桌都有一个大塑料水瓶供客人共享。正当疑惑要怎样喝水之际，只见邻桌男生高举水瓶，豪迈地凌空把水往嘴里倒，然后传给邻座。这是尼泊尔和印度地区的风俗习惯，据说最初源自种姓制度，高种姓人认为低种姓人"不洁"，于是在共享水瓶时，就不让瓶与嘴接触。

有人认为这是文明表现，既卫生又节约。有时我在家亦会这样做，因为免得洗杯子嘛！我又习惯了喝瓶装水时离口喝，这样瓶子可以多用两三天也没有臭味。不过，在尼泊尔我就不敢用这些公共塑料水瓶了，一来不知道水本身是否干净，二来很怀疑究竟瓶子有没有洗过。

当用膳完毕、起身结账后，在餐厅门口柜台肯定有两个小碗，一碗装着甘草籽，另一碗是糖粒。当地人通常用手指每样沾一些，放入口里细嚼，以清除口腔异味。这是纯天然的"口香糖"，民间智慧体现于此。

人人想出国

　　记得曾在加德满都的报纸上看过一篇文章，说大部分尼泊尔年轻人都看不到留在国内有何发展空间，薪水微薄，生活条件又恶劣；而且政局不稳，以及尼泊尔学历不被国际普遍承认等，这些也是驱使学生出国的因素。

　　澳洲是尼泊尔学生最热衷的升学国家（其余包括美国、日本等），他们多数都于毕业后留在澳洲工作，住满法定年数后便能把临时居留签证变为永久居留证。对于此现象，前澳洲驻尼泊尔大使甚至曾警告尼泊尔学生，不要不惜一切在毕业后仍争取留在澳洲。他说："我认为学术声誉是人们来澳洲的原因，而不只是为了永久居留权。"

　　大多数尼泊尔人出国留学后选择在当地工作、成家立室，而需要回国照顾父母的，则因"浸过咸水"（出过国留过学）、会跟外国人打交道和做生意，社会地位有所提升。在家族关系紧密的尼泊尔社会，对留过学的学生，家人亦引以为荣。故此，在闹市街头，常见密密麻麻的升学中介广告牌，醒目地写着"Australia" "USA" "Japan"，它们仿佛是美好生活的代名词。

　　没人想留在国内捱穷，有钱的想出国读书，没钱的只好出国工作，而"外劳"又是另一个沉重话题。我实习的机构就是专门帮助由尼泊尔出国工作的外劳，教导他们维护自己的合法权益，出意外时为他们索取保险和政府赔偿、提供法律援助等，有时甚至要去机场接收在外工作死亡的外劳遗体。在尼泊尔，人人想出国，但又是否人人在出国后都能过上美好生活呢？

（二〇一七年十月二十七日）

▶▶ 卡塔尔危机：制度缺陷下的尼泊尔外劳困境

　　卡塔尔在今年六月被以沙特阿拉伯为首的多个中东国家指控资助恐怖组织，继而实施外交封锁及切断交通来往，危机至今未解除。卡塔尔人口二百六十万，但其中近九成皆侨民及外劳。尼泊尔独占卡塔尔输入外劳四成，目前估计逾四十万。断交消息传出后，尼泊尔国民申请卡塔尔工作签证数量急跌。交通封锁造成的粮食短缺除了严重影响居民生活，更暴露了制度缺陷给外劳带来的困境。

　　笔者目前在尼泊尔加德满都的"移民与国际关系中心"实习，该机构致力为由尼泊尔出国工作的劳工提供法律和信息援助，为政府的外劳决策提供意见等。本文旨在借这次卡塔尔外交危机，分享通过电话访问旅卡外劳取得的第一手信息，分析本次事件如何凸显卡塔尔外劳制度缺陷，并探讨尼泊尔政府未来应在类似危机中担当何种角色。

尼泊尔外劳：受危机影响程度各异

　　据本中心一位驻卡代表观察反映，由于断交令建材难以从沙特阿拉伯进口，卡塔尔大量建筑项目受延误，部分建筑公司已开始要求外劳回国放无薪假期。同时，一些经常往返沙、卡两国的货车司机，甚至被迫滞留在沙国边境。目前信息混乱，且各公司处理手法不一，遭提前解雇的外劳不知何时能获遣散费，亦不肯定需否找新雇主和重新签约。

在信息不通期间，易因谣言导致恐慌。例如在危机发生翌日，菲律宾政府即以政局不稳和粮食短缺为由，停批外劳赴卡塔尔工作。反而尼泊尔政府反复强调一切如常，继续批准国民赴卡，这令当地尼泊尔外劳担心自身处境。目前已有逾三十万卡塔尔国民和外劳离开该国。

笔者访问的另一位尼泊尔外劳今年二十五岁，在卡塔尔工作了五年，目前任职食品批发公司管理人员。他表示自危机发生后，公司发布内部通告，警告员工不得向外人透露卡塔尔国内情况。而且卡塔尔政府对国内言论监察甚严，因此他再三叮嘱访问要匿名进行。据他所言，其公司无法从主要贸易国（如沙特和阿联酋等）进口食品，导致食品涨价。然而该公司正积极与欧洲和土耳其的食品供货商合作，以扩大货源，确保食品供应稳定。与上述建筑公司不同的是，该食品公司并未减薪或裁员，反而在七月增聘了六名来自尼泊尔、斯里兰卡和印度的员工。

不过，即使旅卡尼泊尔外劳受本次事件影响程度不一，他们仍是处于社会最底层、最先被政经变动所波及的人群，因其职业流动性和适应能力皆受卡塔尔的外劳制度严重束缚。

卡塔尔：卡法拉制度捆绑外劳旅卡

外劳在本次危机中首当其冲，原因是"卡法拉制度"（Kafala System，即保证人制度）的缺陷。波斯湾阿拉伯国家普遍实行此制度以管控外劳，主要是建筑工人和家佣，要求所有外劳都要有一个国内保证人（通常是其雇主）。保证人负责外劳签证和居留权，大部分工人护照都被雇主没收，未经其批准，无法自由出入境和转工。卡法拉制赋予雇主权力以高度操控外劳的收入和人身自由，违反世界人权宣言和国际劳工组织公约，被斥为"现代奴隶制"，在二〇一四年曾被联合国促令改善。

据尼泊尔劳工及就业部二〇一六年报告显示，卡塔尔是尼泊尔外劳的第二大工作目的地，占19%（首位是占逾34%的马来西亚），当中大部分投身卡塔尔建筑业，尤其是"二〇二二年世界杯建设项目"。国际特赦组织今年六月出版的报告表明，在卡塔尔工作的外劳常受制度性剥削，如遭雇主拖欠或拒付薪金、在极端高温下超时工作等。英国《卫报》在二〇一四年揭发旅卡尼泊尔外劳的死亡率是每两日死一个。

卡法拉制度的缺陷因本次危机而更显突出。例如很多尼泊尔外劳尽管遭解雇或拖薪，却无法转工或离开卡塔尔。他们有98%都是男性，外汇是其家庭唯一收入来源，故外劳当前困境亦令他们在尼泊尔的家人生计陷于困顿。然而，包括半岛电视台在内的卡塔尔媒体都有意无意地忽略这次事件对国内外劳的影响，因为外劳多居住在远离市区的外劳营，而且长时间工作令他们无法与一般居民沟通，成了"被遗忘的大多数"。

尼泊尔政府：危机中的角色

有尼泊尔官员最近声称对卡塔尔局势感到乐观，相信危机很快会得到解决，不会影响当地外劳。然而此说法未免过于乐观，因为笔者撰写此文时波斯湾沿岸国家已宣布要将对卡制裁升级。同时，受制度约束的外劳在动荡之中根本没有讨价还价能力。多数外劳在出国前已被中介层层剥削，债台高筑，除了继续为原雇主工作外别无选择。

一位旅卡的尼泊尔外劳抱怨，他和一众同乡从来不相信尼泊尔驻当地的大使馆有任何作用。他在卡塔尔工作五年，都没去过一次。但要指出的是，尼泊尔大使馆确有为国民提供领事服务，如文件认证、遗体运送归国等。另外，在二〇一五年尼泊尔地震后，尼泊尔驻卡大使就曾公开指责承办世界杯场馆的建筑公司拒让尼泊尔外劳回国奔丧，并施压于卡国政府，要求从制度上改善外劳待遇。

有些外劳开始想起一九九〇年科威特战争爆发时，印度政府出动民航客机接回近十八万侨民；而一旦冲突再起，尼泊尔政府有没有此能力？虽然笔者接触的两位旅卡尼泊尔人都反映，至今卡塔尔市面和物价大致正常，但若形势恶化，尼泊尔当局可做的其实不多，甚至连确定的外劳数字也没有。尼泊尔政府鼓励和批准数以百万计国民（逾14%本国人口）出国打工，因外劳汇款是重要经济支柱，可是只有少于1%的国家财政预算是用于保障劳工权益的。

本次事件令人质疑尼泊尔究竟有无做好应对危机的准备，在突发事件发生时保护国民。尼泊尔虽是个内陆小穷国，国际活动空间有所限制，但它身为多个区域及国际合作组织，如南亚区域合作联盟、国际劳工组织等的成员，应当履行国际责任，对维护国民权益也是责无旁贷的。

（二〇一七年八月七日）

附该论文刊登在外媒的英语原文

Published: 23-08-2017 08:12

http://kathmandupost.ekantipur.com/news/2017-08-23/caught-in-the-deadlock.html

Caught in the deadlock: The plight of Nepali migrant workers in Qatar exposes Nepal's institutional deficiencies

Aug 23, 2017-As the recent diplomatic crisis in Qatar unfolds, Nepal has seen a drop in the number of labour permit applications for that country, with the Department of Foreign Employment (DoFE) reporting a 42 percent decline in June/July compared to April/May. As a result of the transport blockade imposed by neighbouring countries, food shortage has become the most critical problem affecting the population, of which 88 percent are migrant workers. Currently, more than 400,000 Nepali migrant workers are estimated to be living in Qatar.

Bearing the brunt

A Nepali migrant worker in Qatar indicated that, due to a lack of construction materials imported from Saudi Arabia and a resultant stagnation in building projects, some construction companies in Qatar have started making workers take a compulsory vacation without compensation and are sending them back to their home countries. Also, some drivers working along the Saudi-Qatari border have been stranded on the Saudi side. During this period of confusion, many migrant workers are unclear about whether or not they will be receiving severance pay, or if they have to find a new employer and sign a new contract.

A Nepali storekeeper working for a wholesale food company in Qatar told me that from the onset, his company circulated a notice asking workers not to tell any outsiders about the crisis. His company could not import food from its main traders in Saudi Arabia and the United Arab Emirates (UAE), and vegetable prices soared. Yet it has been able to diversify its import sources and is bringing in food from Europe and Turkey to stabilise prices. Unlike the construction companies, his company did not cut staff or salaries, and six more workers from Nepal, Sri Lanka and India arrived in July. However, migrant workers in Qatar are on the frontlines of the political and economic tension because they have the least mobility and adaptability under the Kafala system.

Most Gulf countries follow the Kafala system under which every migrant worker is contractually tied to a local sponsor (their employer), who is responsible for the worker's visa and legal residency, and often withholds the worker's passport. Without obtaining employers' approval, workers cannot change jobs, quit jobs or leave the country. Criticised by the United Nations as a breach of human rights, this system gives employers excessive control over migrant workers' income and mobility.

According to a 2016 report by the Ministry of Labour and Employment of Nepal, Qatar is the second most popular destination for Nepali workers. Most Nepali migrants work in the construction industry, mainly developing infrastructure for the 2022 World Cup. However, as stated in an Amnesty International report released in June, Nepali workers in Qatar often experience systematic exploitation, such as late payment or non-payment of salary, or long hours in extreme working conditions. The Guardian revealed that in 2014, Nepali workers in Qatar died at a rate of one in every two days.

Because of the diplomatic row between Qatar and the three Gulf states and Egypt, many Nepali workers have found themselves unable to change jobs or leave the country despite facing job losses or late salary payments. 98 percent of them are men and the sole breadwinners of their families. When their salaries are delayed, things come to a complete standstill for their entire family. Unsurprisingly, Qatar's media have been relatively silent about the plights faced by the country's migrant workers. Most live in labour camps on urban outskirts and are rarely seen in public spaces due to their long working hours. They have become the 'invisible majority'.

Stepping up

A DoFE representative recently claimed, 'we are optimistic that the crisis in Qatar will be resolved soon and it will not affect the migrant workers there.' He said that his department would keep assessing the situation of Nepali workers in Qatar, but did not specify how the response or rescue mechanism would work in case the crisis escalated. Migrant workers in Qatar are considered to be at the bottom of Qatari society and will be the first affected, since they face loss of jobs and rising food prices.

In order to protect the welfare of its expatriates, Nepal's embassy in Qatar does provide various consular services to Nepali citizens. Still, it needs to publicly establish itself as the strongest supporter of Nepali workers at any given moment.

Undoubtedly, the possibility of war is far-fetched, but some migrants recall the 1990 Kuwait war during which the Indian government airlifted over 175,000 of its own expatriates to safety. Is Nepal ready to do this for its expatriates in case of conflict in the Gulf? As a member of various regional and international cooperation platforms, including the South Asian Association for Regional Cooperation (Saarc) and the International Labour Organisation (ILO), Nepal should bear international responsibilities and promote peace and stability in countries where a huge number of Nepali migrant workers are situated; Nepal should also ensure its workers are treated decently.

In order to protect the large Nepali migrant worker population in the Gulf region and to demonstrate itself as a responsible international actor, Nepal should push its representatives in Qatar and in other Gulf countries to build up an effective communication, response and rescue mechanism.

- Lam is an International Relations student at the London School of Economics and Political Science; he is also an intern at the Centre for Migration and International Relations, Nepal

▸▸ Where Dreams Meet Deaths

While interning with the Centre for Migration and International Relations (CMIR) in Kathmandu, I have started becoming familiar with the numbers and figures of Nepali migrant workers and the tragedies they have endured. But nothing struck me as much as what I witnessed yesterday, when my colleague Basanta and I went to the Tribhuvan International Airport to help receive the mortal remains of a migrant worker who died overseas.

At the airport, what I first noticed was groups of migrant workers, in blue caps, listening carefully to their agent's explanations while holding passports, working permits and boarding passes. However, unlike other travellers, they did not look excited and eager; rather, most of them were nervous and confused. They then queued up at the departure gate, which was only for "passengers with working visa". Having taken videos of them, I made my way to the arrival gate, where two coffins were moved out on four luggage carts.

The dead migrant worker's body that I had been waiting for was 20-year-old Jitendra Nepali from Parbat, a hilly area in Nepal's Western Development Region. He died in the United Arab Emirates (UAE) after working there for seven months. The official cause of his death was ruled a suicide. A month after his death, his body was sent back to Nepal.

Jitendra's body was one among the three migrant workers' bodies that arrived at the airport on the same day.

Nearly ten men were lifting the coffin to the truck. It was strangely calm and silent, perhaps everyone was trying to suppress their emotions. When the coffin was on the truck, two men put flower wreaths on it and one of them bent down and wept in silence. This was a heartbreaking scene.

I was told that Jitendra's body would then be delivered to his home, and a funeral would take a total of 13 days. After that, his family members would come to our office in Kathmandu for further assistance.

Almost every day, the Tribhuvan International Airport receives the remains of three or four Nepali workers who have left to work in the Middle East and Malaysia. And in the year 2014/15, a total number of 1,004 migrant workers died while working abroad. Nepali migrants leave in good health and return in a casket—this is a sight all too common.

(year of 2017)

附译文

当梦想直奔天国

在加德满都的"移民与国际关系中心"（CMIR）实习时，我对由尼泊尔输出的外地劳工的规模、情况，以及他们所经历的悲剧都越来越熟悉。最令我印象深刻的，是昨天的事。我和同事

Basanta到特里布万国际机场，协助接收海外身亡的劳工遗体。

　　到了机场，我首先留意到的便是一群又一群的外劳。代理人拿着外劳的护照、工作签证和登机牌解释着情况，外劳则头戴蓝色鸭舌帽，小心翼翼地听着。有别于周围的旅客，这些外劳并不兴奋，也不期待，反而一脸紧张疑惑。然后，他们在出境闸口前的"持工作签证乘客"通道排队。我录下了这一幕，便走向入境闸口，有四辆行李车推着两具棺木走出来。

　　我所等的那具外劳遗体，是年仅二十岁的Jitendra。他来自尼泊尔的西部发展区，位于丘陵地区的帕尔巴特。他到阿拉伯联合酋长国（阿联酋）工作七个月后便离世了，官方判定他的死因是自杀。他离世后一个月，遗体被运回尼泊尔。算上Jitendra，当日该机场一共有三具外劳遗体入境。

　　大约有十个人一起把棺木抬上卡车。车厢里莫名的冷清寂静，或许是因为每个人都试图压抑自己的情绪。棺木安置在卡车内之后，有两个男人在上面放置花圈，其中一人弯身鞠躬，然后默默落下泪来。这一幕令人心碎不已。

　　据说，Jitendra的遗体稍后会送回家里，举行为期十三日的丧礼。之后，他的家人会来到我们在加德满都的办公室，寻求进一步援助。

　　几乎每一天，特里布万国际机场都会收到三至四具尼泊尔外劳的遗体，他们都是之前去了中东或者马来西亚工作的。而在2014—2015年，一共有1004名外劳在海外工作时身亡。尼泊尔外劳健健康康地出去，睡在灵柩里回来——这已是太普遍的事了。

（关家熹译）

附录

作者轶事回顾

1. 2012年8月21日至27日，获得全澳学界奥林匹克地理比赛冠军，代表澳门远赴德国科隆参加由国际地理联合会——地理奥林匹克筹委会主办的"第九届国际地理奥林匹克竞赛"。

2. 2013年8月，第二次获得全澳学界奥林匹克地理比赛冠军，代表澳门赴日本京都参加世界学界公开赛。

3. 2014年6月4日，经澳门建筑学会审批，获出席于意大利威尼斯举办的艺术双年展资格。在赴威尼斯的航班上，当值的空服员为君朗庆祝18岁生辰。

4. 2014年6月23日，以全级最优异成绩毕业于澳门培正中学，并获得十多个奖项。

5. 2014年8月12日至17日，第三次获得全澳学界奥林匹克地理比赛冠军，成为澳门首位连续三年在该赛事夺冠者。代表澳门地理暨教育研究会前往波兰克拉科夫，参加由国际地理联合会主办之"第十一届国际地理奥林匹克竞赛"。是次活动由克拉科夫师范大学地理学院举行。

6. 2014年9月，高三毕业后赴英国为升大学做准备，林君朗通过伦敦大学的预科入学考试，以优异成绩衔接大学，成为成功案例。

7. 2015年4月，复活节假期独自前往葡萄牙多个城市游历，之后与四位在欧洲不同国家及地区读大学的中学同学，相约于奥地利会面，同游该国。

8. 2015年6月至8月，完成预科课程后，正式上大学前的这个暑假，远赴中南欧多国——波兰、马其顿、科索沃及希腊，研究当地的政治经济局势、民族之间的冲突起因及未来发展趋势。之后前往澳洲布里斯班出席姐姐于当地大学的毕业典礼。

9. 2015年9月，以优异成绩考上英国伦敦政治经济学院（The London School of Economics and Political Science，简称LSE），主修国际关系。

10. 2016年6月至9月，跟随学校组织的义工队伍，远赴巴拿马偏远山区做了为期一个月的义工，协助当地居民建设耕作及水利设施。之后只身前往美洲多国——伯利兹、危地马拉及古巴，考察美洲国家政治及经济贸易状况。回澳后再飞往德国慕尼黑，与当地读书的中学同学同游德国。

11. 2016年12月，圣诞节假期到访非洲四国——沿西非海岸线的尼日利亚、贝宁、多哥、加纳，研究当年奴隶交易的实况及鲜为人知的黑奴血泪史。

12. 2017年6月至9月，在尼泊尔首都加德满都的非政府组织"移民与国际关系中心"（Center for Migration and International

Relations）实习工作三个月。该组织于2014年成立，关注对象为由尼泊尔出国工作的劳工。林君朗主要负责研究尼泊尔年轻人到海外务工的社会问题，其间在尼泊尔的政府报刊中刊登了一篇有关研究个案的文章。9月回澳后再到朝鲜旅游。

13. 2017年12月至2018年1月，为了筹备撰写毕业论文，再次踏足非洲，在安哥拉走访了多家当地的中资企业，研究中资企业在非洲的发展状况，并在当地学校当义工。

14. 2018年1月20日在伦敦病逝。

15. 2018年7月，经伦敦政治经济学院学术评审委员会审议，由于林君朗学业成就卓越，在学期间分别在学校的官方刊物及公开媒体发表了很多具有研究价值的国际及社会性专题评论，可见其对国际关系实地研究的热情和贡献，决定颁授其毕业证书和学位证书，并以其名设立了奖项"The Marco Lam Prize"，鼓励以后修读国际关系学的学生以其为目标及榜样。

感谢你留下了足迹

二〇一八年，林君朗刚刚定居云上，澳门日报出版社出版了一本繁体版《云上的十八岁》，集结他从小到大曾登报的大部分优秀作品。读者可以跟随林君朗的成长轨迹，了解他是如何在充满爱的环境里，成长为一个对世界充满热情的青年的。两年转瞬即逝，这本文集热度不减，但是文集的厚重令它难以飞到更远的他方，所以君朗的父母找到我——当年的责任编辑，开始重新选稿。

这一次，在澳门日报出版社及文化公所的协助下，由广西师范大学出版社出版的简体版《云上的十八岁》，是完完全全的另一本书。

在这本书里，我们看到已经成年的林君朗，他作为一个关心社会的大学生，一边在英国修读国际关系学，从学术上了解各国国情；一边争分夺秒游历世界，从现实里认识每一寸土地、每一张面孔。这本《云上的十八岁》，展示的是当代九五后青年的远大志向和宽阔眼界。他怀着最热切的人文关怀，用双脚丈量世界，用文字写出每个城市的真实面貌，除了对大好河山、风土人情的展示，更有对各地社会现状的观察与剖析。

重新选稿的时候，为了凸显"国际视野"，我狠心舍弃了林君朗述说生活点滴的文章；而点题的《在云上的十八岁》，作为代选序保留下来；并将繁体版的所有序言特辟一辑，谨作纪念。

林君朗在十八岁生日那天首次独自出国，在云上畅游时得到空乘人员的善意祝福，使他充满勇气地开展此后的种种新挑战。当时的一句"Be nice to make friends"，为他指明了成年后周游列国、广结善缘的路向。他的每一个足迹，都撒播下一颗颗爱的种子，让世界孕育出更多的关怀。这也是为什么，这篇文章、这个书名以及这些盛满善缘的序言，在重编新书之际仍然被留存下来——当中隐含了林君朗的生活态度，也是这本书希望带给读者的核心讯息。

新生代青年活在社会资源相对丰富的时代，成为许多长辈眼中不懂得惜福的人。感激林君朗以他的谦厚和踏实，为当代青年正名。在爱与信任的灌溉下，丰厚的社会资源不会让孩子成为被宠坏的一代，相反地，他们会成为一个个有勇气、有热情的大好青年，将自己得到的点滴养分施予天地，建设更美好的世界。希望这本书的流传，可以让不信任孩子的成人、未建立志向的孩子，打开通往世界的大门，勇于感受、勇于飞翔。

关家熹